人间难懂，值得爱

李军奇 著

南方日报出版社
NANFANG DAILY PRESS
中国·广州

图书在版编目（CIP）数据

人间难懂，值得爱 / 李军奇著. —广州 ：南方日报出版社，2024. 12.

ISBN 978-7-5491-2907-2

Ⅰ. I267

中国国家版本馆CIP数据核字第20243JZ150号

RENJIAN NAN DONG ZHIDE AI

人间难懂，值得爱

著　　者：李军奇
出版发行：南方日报出版社
地　　址：广州市广州大道中289号
出 版 人：周山丹
责任编辑：曹　星
装帧设计：邓晓童
责任校对：熊丽思
责任技编：王　兰
插　　画：高迪霞
经　　销：全国新华书店
印　　刷：广东信源文化科技有限公司
成品尺寸：140 mm×210 mm
印　　张：6. 75
字　　数：150千字
版　　次：2024年12月第1版
印　　次：2024年12月第1次印刷
定　　价：45. 00元

投稿热线：（020）87360640　　读者热线：（020）87363865

发现印装质量问题，影响阅读，请与承印厂联系调换。

/序一/

通过这片土地来认识世界

认识军奇的时候，他已有十多年的记者生涯。在他擅长的人物特写上，能看出他是一个谨慎而质朴的记者。人如其字。是的，他喜欢或者说他向往的是内敛而有意味的书写，不张扬，沉静。闲聊过后得知，他之所以喜欢新闻，喜欢和人打交道，在于这个工作能满足他的好奇心，也多少能舒缓内心的紧张。

这种紧张，居然自少而来。很难看出性格温和的军奇，有过如此紧张的童年和少年生活。他是贾平凹同乡，那个商鞅封地的商州，自春秋战国以来，是南北方文化的交汇处，山水清秀，文化杂糅，容易滋养少年的心灵。如果有一段不那么顺畅的父子关系，少年就很容易胡思乱想，很可能敏于书写。似乎，这是不幸中的一丝慰藉。

这么多年，军奇一直在繁忙的采访中，学着遗忘，学着做一个称职的父亲，而父亲的突然离世，似乎一下让他木然，如修炼多年的高手，突然得知对手的萎落。他试着重新打量父亲，但遗憾的是跟父亲相关的信息太过破碎。自以为很懂世间喜与恼、爱与悲的他，在无父的日子里开始怀疑。在军奇的这本书中，我们能看到他的自责与痛苦。也许在知识的层面上，很多人都可以说明事理、知进退，但在人伦的层面，我们不一定真懂得该与不该、爱与不爱。

在认识论上，军奇认同人生而隔膜，而父子关系紧张的现实，让他对隔膜多了很多认识。这些文字或尖锐，或温暖，或调皮，或生涩，但都是他认识这个世界的纬度。这些文字，他写了十多年，捂了十多年。十多年，他从愤怒青年，已然成为称职父亲，很难说他找到了坦然，但他一直在诚恳地寻找。

军奇把书写隔膜、书写成长的故事，放在了对父亲、对故乡的凝望中。故乡是我们抵达这个世界深处的一个途径、一个起点。我们出生的村庄是熟悉的故乡，但更大的还是它的文化、它的历史和它背后构成社会的那个人群。故乡到底是什么？我们需要理性而深刻地理解故乡，并通过这片土地来认识世界。

在这点上，我看到了这本书的诚意和点滴努力。

——阿来（茅盾文学奖获奖作家）

/ 序二 /

西北的蒲公英，一路向南

人与人的相逢，有时像是一群无头苍蝇的际遇。我和军奇兄结识的缘起，早已毫无印象，多年以后听他提起，才想起在遥远的MSN时代，他曾经向我约稿，我忙不过来，婉拒了。那时的MSN上挂满了各路编辑，我多数时候被他们催文债，有时我也替自己供职的媒体向朋友催稿。大家都活得像催债公司的打手一样，而我成功地逃脱了军奇的魔掌。

我患有脸盲症，对多数人的相貌历来转身就忘。前不久，在长沙的黄昏细雨中，我却一眼认出了多年未见的军奇，他依旧一副赤诚的笑脸，我们拊掌一笑，似乎从未在人间失散过。

军奇曾供职于南方周末旗下的《mangazine|名牌》杂志，而我则先后在《南方体育》和《南方都市报》待

过。行走江湖，但凡碰见广州大道中289号出来的南方故旧，总是亲切，因为彼此的价值观不会有沟壑，更何况，我还和军奇一同生活在湘江边。

命运之手总会把每个人送上不同的轮渡，去远方充军。我十余年前入湘，皆因一场魔幻的际遇，而军奇两度潜入长沙，最后和我一样寓居于此，我估摸着主要是因为他找了湖南“堂客”。昔年我在长沙报馆负责招人时，时常看到有帅气的外省学子应聘，我好奇地问：“你非楚地之人，何故来此？”他们总嗫嚅道：“因为找了湖南女友。”我倒从未见过外省女子因找了湖南男友而来长沙求职的。可见湘女虽多情，却也霸道，她们嫁鸡不随鸡、嫁狗不随狗，反正你须来洞庭湖跟我一起喝辣椒水。

不管是什么缘由，反正我和军奇，一个广西人，一个陕西人，在清寂的岳麓山落叶里，在奔涌的湘江浪涛中，开始了下半生的飘萍之旅。

军奇生于陕西商洛，这地名我熟，因为40年前就读过他的乡党贾平凹的小说。20多年前去西安采访，沿途我好奇地望着车窗外：这就是窑洞啊？会不会被泥石流冲毁？氧气够用么？我对黄土高原真不了解，直至看到军奇这本书里的记述。地貌风物或有不同，但论及贫穷艰辛，陕西与我的故乡广西并无本质区别。

他的故乡是沟通秦楚的商於古道，我的故乡则是贯穿五岭南北的潇贺古道。古道这名词，说来旖旎，其实就是旧时过江之鲫的求生之路，商贾如云，盗匪亦如云。而我们蹲在见证了无数生灵与世长辞的路边，捧着腮，遥想雁过无痕的青春。

谈及西部的故乡，军奇和我都有入骨的体悟，他如何不懂乡村的叵测、人心的艰深，但落在笔下，他终究点到为止，给故乡留点最后的体面。相比我的下笔如刀，军奇心里有更多的宽恕和悲悯。但他不回避任何黑暗，包括对父亲性格弱点的剖析，包括自省。这个西北汉子有着独特的细腻和柔软，就像黄土地上长出的沉默植株。

细读军奇的书，常有恍惚之感，似乎他是我的另一个影子，我们竟然在如此多的地方如此相似。我被许多老友谬赞为“朋友圈里最尽心尽责的父亲”，但军奇的存在，瞬间把我往后挤了一位。我算是高度重视教育的客家人，他比我更甚。他会给孩子写信，讲述自己的过往、自己的思维、自己的悲欢，用详尽的文字陪伴孩子度过每一个年龄之槛。而且他给孩子灌输的三观，和我几乎一模一样。每当想起长沙城里有两个老父亲，在黄昏和夜晚向孩子们唠叨着类似的话，我就莞尔——不如我们训娃时录下视频，互通有无，彼此使用相通的模版，那倒可以省下一半力气。

军奇也好，我也罢，大致算是那代已经退出历史舞台的媒体人的缩影：

我们是大地角落一颗卑微的种子，或曰小镇青年，从小就明白自己唯有苦读才有活路。虽然厌恶和鄙夷应试教育，却眼睁睁看着这样的“悲剧”在下一代身上重复。

我们漂泊万里，辗转于不同的城、不同的大院，经历过波诡云谲的时代风云，亲见了媒体行业的荣辱和兴衰。即便再热爱，即便手艺再精湛，也只能扬长而去。

当纸张和铅字的重量已经比远方的轻舟更轻，我们结庐，劈柴，在油盐酱醋中，隐入尘烟。像伶仃洋边，坐在礁石上假寐的遗老。

但那半生的弧光，隐没的面孔，哒哒的马蹄，还是值得记述下来。军奇在这本新书里，真挚而细腻地描摹了一个时代的风尘，他的文字犹如邮差，会向后世的人传递今世的辛劳、困倦和挣扎，这便是文字的价值和意义。

而我们继续风尘仆仆，继续星夜赶路，像一群衰老却执着的骡子。

——刘原（专栏作家、前媒体人）

/ 自序 /

那些不懂，那些愧欠

这是一次记忆的重整。

2015年11月，某日，一位在北京工作的高中同学在微信上说寄我一本书，并以肯定的语气说："你一定感兴趣。"他会寄什么书呢？他怎么知道我的阅读兴趣？毕竟高中别后，彼此的人生有了巨大的分野。书，收到了，看得我泪眼迷离。

这是一本由外交部编辑的有关坦赞铁路的书。高中同学已经知道，我的父亲曾作为援建的职工，建设过这条铁路。不知动了哪条神经，我快速地翻看这本书的资料照片，我知道我在寻找着什么。让我大为意外的是，居然找到了一张合影，有个男人的长相和父亲太靠近了。我只能用"靠近"来形容，我在高中时见过父亲在非洲双手叉腰、气宇轩昂的照片，但毕竟时间久了，而且父亲只是众多援建的职工之一，被拍到的可能性简直如同中彩票。我不敢肯定。

那时，父亲离开我们已两年。在那之前，兄长曾笑着让我写篇关于父亲的文章。哥哥和姐姐都有一笔关于父亲的痛苦记忆。兄长高中时跟随父亲在外读书。快过年了，父亲留下一点钱，未征求儿子意见，就只身回老家，留下儿子独自过年，其时哥哥并不会动手做饭；大姐顶替父亲到铁路上班，父亲带着姐姐办完入职手续，就悄然回家，也未做过多交代，其时大姐第一次出远门，第一次坐火车，外面的世界对她而言都是陌生的；二姐出嫁那天，父亲也没给好脸色；三姐冬天帮父亲劈柴，碎木飞起，崩伤她的额头，鲜血直流，父亲居然没有安抚……

父亲的冷酷，一直是我们兄弟姐妹共同的心伤。我一直不能动笔。我怕笔下的父亲太过真实，会伤了父亲；太过曲笔，会对不住兄长和姐姐们。我讨厌文字的虚浮与指东道西。但我是记者出身，求真，是我向来守护的命门，所以一直搁笔。直至父亲离开我们一年多，突然看到了一本记者走访坦赞铁路的书。电光火石，我突然起了要了解父亲的热情，于是到处追问和寻访。

我指着照片里的男人，问母亲，他和父亲像不？那时还在世的母亲端详着照片。那个一生大男子主义，生育五个孩子，但不曾疼爱地多抱抱他们的男人，是不是照片上这个充满朝气的男子？母亲说，像。但毕竟相隔太久，她没否认，也没肯定。

于是，父亲在20世纪70年代的形象就这样暧昧地存在着，如同他的一生。我至今没有写出一篇完整的关于父亲的文章。他的历史，无法被家人完整地讲述。作为子女，我们曾经只记得他的倔强与暴躁，只记得他的铁血与饶舌，却不了解他的任劳任怨，不了解他作为长子15岁便出门求生的磨难与委屈。

偏见滋生暧昧。为了对抗这些偏见，我发现，自己在回忆故土的文字里，居然或多或少地写到了父亲，但只是浮光掠影。如同身上的烫伤，虽不轻易地碰触，但揪心地疼痛。

如今，自己为人父，居然不可避免地遗传了他的坏脾气，而他的好，似乎并未继承。明了这点，我有点恐惧，如同身体被突然提升到悬崖的边际，心虚而胆寒。

父母是天，尽管这个天，很长时间里，我因这因那抱怨过。如今陡然没了天，我像只脱线的风筝。尽管我已在外自由飘荡20多年，习惯一个人面对一切。但父母在时，我终觉自己是孩子，因为线头还拽在父母手中。近十年，相继送走父母，仿佛人生的浮桥，在身后一节节坍塌，你再也无法返身回到岸边，不能悠然地欣赏水边的草长莺飞杂花生树，你只能硬着头皮向着前方急步赶路。

父母生育我们就是最大的恩情，但我们不能以生养之能绑架自己的孩子。我们要学会等待孩子的“花开”，而不是把自己对世界的偏见、自己的无知和懦弱急匆匆地传染给孩子。这个道理，我们要心痛多少次才能真正接受啊。要给他们最好的东西，不是物质的，而是精神性的，譬如善良和同理心。

我曾深刻地反省自己和父亲的关系。他是一个在教子方面严重失败的父亲，不幸的是，我也是一个教子理念和行动严重错位的父亲。生而为父，我很抱歉。时代扎向我们的创痛，我没有勇气没有能力自我疗愈，只能一边扇着自己的嘴巴，一边尽力给孩子撑起一片晴空。

这些文字，是我20多年记者职业生涯中最没有职业性的文字。对乡土中国的感叹，是时下的热门话题，我既开不出救济的药方，也无力返回故乡，肩负它的沉沦。我记叙故土，只是挽回自己的童年，打捞属于自己的快乐与幸福。太贫瘠的青年，容易念念不忘，絮絮叨叨，难免把一把浮尘，嗅出万千滋味。童年，父亲是缺席的。而自己的性格格外敏感，对亲人、对故乡的记忆，更多的是灿烂的烟火、暴躁的河流、骄傲的猫咪、絮叨的母亲、早逝的同学……

从某些角度上而言，如今的自己，是父亲赐予的——太想脱离“暴政”，寻得自己，于是背井离乡；太不想成为父亲那样的人，所以总能设身处地，与人为善；尽量理解他人，可以对自己狠一点……

如此想来，居然释然了。父亲如参照物，他映照着我，让我看出自己的小，不时提醒自己凡事不可妄动。

没有了偏见，目力所见，皆是温柔。我懂他，我懂这个世界。这里的懂，是个持续的动作，不表示结果。我未必真懂，但我致力于懂，想懂，努力弄懂。世间的事，就是少了一味“懂”药，彼此在伤害与误会中跌跌撞撞，持续制造伤害与误会。

基于记者的职业特性，我试图读懂采访对象，尽管事后看来，言不及义和矫情的地方触目皆是。对亲人、对朋友、对故乡的风物的“认读”，亦犹如此。

母亲和我谈起近些年来村里离世的人，有的一直以活力的青年形象长驻脑海，譬如那个儿时的孩子王，喜欢烧老鼠尾巴、放孔明灯而后因家庭问题喝药自尽的村民；有的以慈祥长者的面目让我感慨，譬如粗大嗓门、喜欢小赌怡情的某爷爷。他们长年生活在封闭的山村，他们的快活与悲伤，都不是我所能理解的。我不会忘记他们带给我的快乐。

现在母亲也离我而去。她的怯弱，她的糊涂，以及她的卑微，再也不会打扰这个世界的人了。

人世的隔膜永恒存在。譬如父亲永远不会理解我对写字的热情，我也永远不会理解父亲对专制的执着。我尝试理解他人的兴趣与热情，尝试寻找与他人沟通的途径，但常常事与愿违，因为永远无法抵达彼此心田。父子如此，夫妻如此，亲友如此。但明白这个道理并非是让自己冷漠和懒惰，而是懂得保持合适的距离，如刺猬间的关系，不抱怨隔膜，不排斥靠近。

怀念已离我远去的父亲，这个只读到小学三年级的父亲，热心肠与冷心肠不按理出牌的父亲，他的对与不对，都让我对这个世界多了份理解。感谢我的兄长、嫂子和姐姐们，你们总是保护我，承受着家庭的种种负累；感谢妻子和孩子，你们情不情愿，都要面对我现在和未来的坏脾气和不成功。

思念我的母亲，这个活在世上受尽磨难、不懂享受的人。她爱过什么，恨过什么，怀念过什么，遗憾过什么，我不曾知道。对她的追忆，满怀永久的愧欠。

想念生养父母和我的故乡。我曾那么热切地走向远方，看山看水，看无尽的风光。踉跄半生，还是难忘身后秦岭南麓的那道川。

是的，我无法走出故乡的羁绊。

目录

情缘·人间难『懂』

情缘·人间难『懂』

◇蹚过时光之河，我们往往在长大中遗忘，在遗忘中寡情，在寡情中刻薄。有人说这是成长的代价。永远谨记，自省和热爱，够一生修行。

胸怀多少善，才能对冲种种扑面而来的恶

“你把这些都装上。”清早醒来，母亲已给我备好了行李，林林总总，摊了一桌，其中有她晒干的萝卜丝、豆角干，都幽幽地散发着陈年的气息。搁在前几年，我早就会不开心，会嫌弃地说：“不要，不要，现在谁喜欢吃这些。”那时母亲会有点难过地翻翻自己的劳动成果，心有不甘地说：“这些东西又不重。”

确实不是很重。在母亲眼里，凡是能省钱的事，都不是问题。

父亲常年在外工作，我们兄弟姐妹五个是母亲一人带大。如今我们都已生儿育女，在常常自觉“累成狗”的时候，总会想起母亲的不易。母亲提及往事，感慨万千。那时冬天河水再冷，她也要敲开冰面，洗姐姐的尿布。“哪像你们现在这么方便，有一次性的尿片。”母亲说，尿布是从各种被面和衣服上裁剪下来的。挂在小院的晾衣绳上，五颜六色，万国旗般。母亲

伸出手来，比画着，说："每个手指都冻裂了，缠着胶布洗。"

我端起母亲的手。这手皮肤粗硬，关节处肿大，十指已无法伸直，佝偻如耙子。

母亲不会抱怨，准确地说不会抱怨我的父亲。在我看来，这已几近愚忠。父亲15岁就走出家门，招工进铁路。他没有怎么亲近我们，我记忆中多是他威严的脸色和凶狠的呵斥。十多岁时，我和姐姐随父亲去门前山坡上耕种，不记得我哪里做错了，父亲开始责骂，接着追打，我哭着冲下山坡。当晚不敢回家，也不敢远离家门。母亲找到我，劝我给父亲道歉："快，给你爸认个错，不要死倔。"我吓得不敢见父亲，就挣脱母亲的手，跑远了。待天黑，我蹑手蹑脚，爬到窗户底下，听房间里的动静。窗下是鸡窝，粪气扑鼻，但我却不在乎这些，我靠着墙根蹲下，等着父亲睡着。父亲的鼾声响起，我悄悄地推门，门虚掩着——母亲在等着我。但门还是痛苦地"咯吱"响了一声。"你还有脸回来！"父亲的声音炸雷般响起，我懵了，硬着头皮进屋。父亲要抽皮带，母亲赶紧拦着，劝我："赶紧给你爸道歉。"母亲被父亲拨拉到一旁，几声不客气的呵斥也砸了过去。母亲只好叹着长气，束手无策地站在一边。我挨了几皮带，被罚跪。长夜漫漫，几次我点着头睡着，又被膝盖的尖疼弄醒。后半夜，迷糊中，感觉有人拉我上床。

遥想那晚的跪，膝盖至今还隐约作痛。父亲离世后，一次我笑着问母亲：“你怎么那么怕我爸爸，他不让你护我，你就一声也不敢出？”母亲只是无奈地说：“你爸就是那坏脾气，劝了不听，我要是再说，他又要骂人，让你们看大人难堪？”

母亲说父亲去世那年，父亲时而有幻觉出现（兄长专门带父亲去西安就诊过，但病状只能缓解），言语凿凿地说家里进了小偷，进了什么怪物，她听着觉得瘆人。一次，父亲居然拿起一把菜刀走进房间，说要赶走坏人。他不听劝，母亲就夺下他手中的刀，厉声地批评：“说啥怪话呢，屋里啥都没有！”我惊讶于母亲的勇气。因为她过去只有挨骂的份。“你爸那个时候已经没力气了，一直让他说，再不阻止，会出事的。”母亲解释道。母亲说着说着，就有点悲伤。我也难过极了，远离父母工作，让母亲独自一人担惊受怕，我也有责任。我开导母亲：“那确实也怪不了我爸爸。”“一辈子坏脾气，没像别的大人那样稀罕自己的娃。”母亲说着说着有点哭腔。

我强忍着眼泪。在兄弟姐妹几个中，我最没资格谴责父亲——早早上学离开父母，上大学时几乎用光了父亲的工资，毕业后又未能就近就业服侍双亲，而且心气大，受不了父亲的批评。母亲在艰苦的生活条件和父亲大男子主义的性格下，尽可能地给我们兄弟姐妹五个扒拉出一点点温暖，而她几近无人怜惜，我又怎能怨她呢。在她有限的认知中，丈夫，这个能吃苦、会挣钱的男人，不喝酒不赌博不乱花钱，心底善良，即使脾气坏，又有什么大错呢。

母亲虽一生吃苦，忍受生活的剧痛，但在父亲生前，我很少见她哭。而诉说父亲去世前的种种怪异表现，她却容易带着哭腔。一个笼罩其一生的阴影终于散掉了，母亲可以放松地一诉心曲了，这是我的理解。我准备迎接母亲随之而来的哭诉。但母亲只是抹了下眼泪，又笑了，说："这下他走得干脆，不受罪了。"

母亲性格耿直，不善于察言观色，很不被奶奶待见。母亲说，奶奶只喜欢自己的长孙——我的兄长，给他吃好吃的，晚上带他睡。其他几个姐姐，奶奶很少帮母亲带过。父亲兄弟姐妹六个，大家族，生活不易，很长时间爷爷都没有分家，在一口锅里吃饭。父亲邮寄回家的钱，收款人自然是爷爷，没母亲的份。我不知道奶奶的名，只知道她姓周，年长的人会称她周氏。奶奶保管着钱，她说一不二。记忆中，爷爷寡言老实，从没向奶奶说过重话。

说起爷爷，我忽然想起多年前的一桩"无头案"。上小学二年级时，我偷了家里的火柴，一个人无聊，居然用火柴去点猪棚上的麦秸。看着火苗蹿高燃大，我吓坏了，跳着用沙土猛打，根本无济于事。我慌了，撒腿就逃。摸黑溜回家，猪棚已经散架，地上到处是灭火后的草木残骸。爷爷屋子里的灯亮着，没一点声息。我蹑手蹑脚地回家，母亲问我干啥去了，我搪塞了几句，故意吃惊地问猪棚着火的事。母亲说：“可能是路过的人扔烟头时不小心点着的。老天保佑，没烧着那头大肥猪。”爷爷不知觉察没有，那几天，他的孙子那胆怯的眼神、谨慎的言行，都是那么令人起疑。也许爷爷心知肚明，他在装糊涂，他怕奶奶发起怒火，殃及我的母亲吧。

“你爷爷可怜，死前受了罪。”提及早逝的爷爷，母亲也是叹息。奶奶数落起母亲，那叫一个气壮山河条理清楚。我没见母亲顶撞过。为了照顾年迈的奶奶，父亲将她接来我们家。那时父亲已经退休。这对母子都是要强的人，看不得别人脸色。回想起来，奶奶在我家也住得不舒服。给奶奶做饭洗衣抓药的事，母亲勤勤恳恳地做了。“年纪大了，你奶奶也可怜。我说过你爸爸，人老了，都要靠儿女养，不要给老人说那样重的话，你奶奶一辈子受过谁的气？”母亲又开始抹着眼泪诉说奶奶去世前的细节，“一辈子刚强，走时一口水都没咽下去。”

父亲离开我们快三年了，母亲一生害怕的两个人，都走了。父亲刚走的那段时间，我最怕母亲出事，毕竟脑袋里的弦绷紧了一辈子，突然没了压力，过自由的日子，还真不容易。兄长接母亲到县城和他一起生活。只待了几天，母亲便嚷着回家——她不习惯上小楼坐电梯，不习惯城市散步要儿子陪着，她也放不下家里的猫和门前地里的菜。大姐也退休了，回老家陪母亲长住了一年多。大姐最勤劳，那段时间母亲穿得最干净得体。之后我接母亲到长沙小住，就是想让两个孩子吵吵她，分分她的神。在长沙的那段日子，我尽量待在家，陪母亲拉家常。有时夜深了，我会装作天冷，挤上她铺着电褥子的床铺。半夜里，她一遍遍给我掖被子，像我儿时那样。

母亲一辈子省吃俭用。兄长和姐姐带给她的饼干面包之类，她习惯不吃，总是存放起来，放着放着，她也忘了它们的存在。等想起来给晚辈吃时，零食已经过期，还收获了晚辈的一片抱怨声。我们要扔掉，她就一直自责。有时看见我挑拣出能吃的零食，她就开心地给我讲诉这些东西的来历。为了让她开心，我就装着开心。说着说着，她就翻出她晒干的蔬菜，让我放进行李箱，回长沙时带上。第一次，我拒绝了："现在不缺新鲜蔬菜，没人稀罕这些干菜。你再放，我就不带其他东西了。"母亲怔了一下。过去这些干菜，是冬季我们常吃的东西。没有肉汁的滋润，吃起来多是一些涩涩的苦味。神奇的是，母亲居然还是不厌烦这种味道，尽管如今她的饭食不再缺肉，不再缺新鲜蔬菜。

这次送母亲从长沙回到老家，我有意识地和母亲长夜深谈。母亲几次抹泪，都在这几次闲聊中。我端详起母亲的眼睛，眼睑细长，眼窝深陷，眼角纹纵横，泪水浑浊。这双眼睛已目击了过多的人海波澜、人世纷争和人性善恶，但你很少看到它被泪水痛快地滋润。

要不是我故意深度地谈及家族过去的人和事，母亲不会轻易流泪。对了，第一次听她放声哭，是父亲去世的时候。毕竟是夫妻，她舍不得。

母亲已习惯被责怪、被埋怨、被驱使，而泪水，作为一种抗议或示弱的武器，她还是不习惯使用。

一个人，胸怀多少善，才能对冲种种扑面而来的恶？一个人，心中需要藏多少东西，才能隐忍生活里的种种不顺？

陪母亲回到老家，她开心极了，摸着家里的老家具，仿佛又重逢了老邻居。每天变着花样给我做饭。想起即将又是见一次少一次的离别，晚上，我忍不住用被子蒙着头，哽咽了几声。母亲赶紧问我怎么了。我笑着说：“感冒了，要打大喷嚏。”这次收拾行李，母亲又翻出一些干菜：“干干净净的，我都没舍得吃。”看来母亲早已忘记我前几回的拒绝，又热心推荐起她的心头之好。“行吧，我都带上。”我装作开心地说。

确实，它们不重。母亲说对了。

学着换一种方式爱

春节期间，和母亲因一些生活琐事发生了几次争执。母亲年迈耳聋，加剧了冲突的烈度。

声音高，儿子听见了。他几次问我原因，我因为一直忙着做家务，就敷衍着，拖至晚上他上床休息，才有机会对他解释。

本着父子交流“有不说的真话，但不说假话”的原则，我坦诚了自己对争执的分析：

其一，两代人性情差异太大。母亲2020年81岁了，还是习惯全方位地指导儿女做事。“你爷爷在世的时候，我们做事，他基本不会表扬，我们受够了他的批评。你奶奶学了你爷爷不好的习惯，过年了，各种忙活，我们心疼她年纪大，不让她干活，她总是插手，动辄说这有问题那有问题。我们百般解释，她似乎听了，过了一段时间，又开始指导，听多了，很难受。”

其二，两代人生活观念差别太大。譬如母亲一生节俭，家里虽不缺吃少穿，但她还是舍不得丢一些破旧的东西。譬如搪瓷的碗和水杯破洞了，她会打上补丁，而好的碗和水杯，放着不用。做饭，总怕饭少，于是吃剩饭成了习惯。“叮咛了无数次，她总那样。不让她做饭，她也会嫌弃我们做的量少，不够吃。”

儿子躺在被窝，瞪大眼睛，难得对我的长篇大论保持兴趣。“可能你有疑惑，母亲教育儿子天经地义，为什么爸爸却不服奶奶的管教？”关于和母亲的争执，我主动向儿子解释其中的理解困境，“因为我们已经是成年人了，已经有自己成熟和稳定的处理事情的能力，自己做的事情，自己负责结果。而你尚未成年，对你的教育，作为监护人，我有天然和法律上的义务与责任。”

不过，我承认自己的说话方式和态度有问题。“如果我能学着换一种方式爱，多点耐心，少点针锋相对，矛盾就会少点。”我总想把问题彻底讲清，而母亲的习惯，是把问题引向不重要的环节，说多了，她就多一些心思。“确实，你奶奶能成今天的样子，我也有责任。”

“表扬不只对你很重要，对我也重要。”我很认真地说。儿子笑了，说：“爸爸，你这么大了，也需要奶奶表扬？”我说：“缺啥爱啥。批评要批评重点的，细枝末节的就要学会淡然处之。就像你的学习，我一定不会以成绩来衡量你，而是以你的努力程度来要求你。你对学习有了正确的认识，自然就会采取合适的行动。”我问儿子：“学习的目的是什么？”儿子说：“让自己更厉害。”

我以前多次向儿子强调学习的价值和意义。得高分和找到好工作，从来都是我明确反对的学习目标。我是从乡村走出去的，是一分分断杀着改变命运的。有人会说：“不考高分，就更不能冲出底层。考高分是我们底层唯一公平公正的机会。”但不明白人生的意义和学习的真正目的，只是被分数牵着鼻子走，那和一头拼命吃饲料的猪有什么不同？暂时争取到一点生存资源，但没有长远谋划，一样难以找到生活的幸福。有一颗对世界好奇的心，懂得学习的意义，就算没考到高分，没有上好的大学，没有一个光鲜的职业，那又怎么样呢？活得心底坦然，才是关键。“再说，我这么折腾，如今还不是平凡着，也在底层？底层的父亲，不嫌弃底层的儿子。”我笑着说，又怕儿子理解偏差了，接着补充，“学习，是为了找到更好的自己。为了让自己活得更明白，就会认真行动，而考个高分，不过是顺手之事。高分能证明你努力了；你努力了，没有考取高分，我也不会怪你。”

儿子似懂非懂。“对父母的管教，不能愚忠，我说错了，你可以当面指出来，我也会道歉。”我们这一代有时太想讨好父母，即使父母错了，也想为长者讳，找些冠冕堂皇的理由，并没有认真解决问题，所以问题就成了一根长长的肉刺，一次次扯疼我们，长长久久，欲罢不能。

这种复杂的两代关系，估计儿子难以理解，他也许就只想问清楚这次争执的对错。“两人都有对的，也都有错的。作为儿子，我错在先。即使我和你奶奶吵了架，我还是会对你奶奶好的。儿子，你赶紧睡，奶奶脚面突然肿了，我要找找白酒，给她揉揉。”

当天晚上，母亲说她右脚脚面突然肿了。家里没有活络油，去村卫生室，村里寂静一片，全然没有过年的喧哗。找不到村医，只好返回。用白酒帮母亲揉搓。一直问母亲脚面肿的可能缘由，得到回复——没有被东西砸着，没有撞过，不甚疼痒。忽然想起，是不是吃药的原因？最近母亲有点感冒，咯痰，下午我自作主张地买了消炎药和止咳化痰的药。果然，在消炎药的“不良反应”一栏里看到了“浮肿”的字样。

不敢给母亲解释详情，否则又是一顿口舌。只是向她强调明天不能再吃这种消炎药。儿子闯的祸，恐怕能默默忍受的唯有母亲。如果下午我多问一句母亲她平时吃药的情况，细心一些，也许就会避免这种低级错误。

不管不顾的愚孝愚忠，真是蠢不可及。

那些翻山越岭的野趣与温情

大学毕业后，每回一趟家，我都喜欢到处走走。

在山与山之间，是秦岭无尽的粗粝的皱褶。每一条皱褶，就是一长块肥瘦不等的谷地。谷地里的标配，是一条依山岭游走的河流。它们从涓涓细流开始，跌撞南流，呼朋唤友，穿石越涧，奔出谷地，流向更宽的河，相会更多的水。

每条山谷各具特色。有的以山崖的奇险取胜，有的以土地的肥沃闻名，有的则以人文的丰厚摇曳生姿。

听说我要去三姐家，母亲叮咛我去看望大姨。我忽然想起，大姨和三姐的家距离不远。

大姨和三姐属于一个村，和我们李村相隔一个不高的山梁。小时候曾经跟着堂哥翻越这条山岭去看露天电影。月光下的山路，我们走得磕磕绊绊。树影婆娑，我们故意高声说话，年龄小的唯恐落在人后。记忆中，大姨所在的村，比我们李村有钱，生产大队买了电视，露天电影也放得多。

大姨年近80岁，大姨父很早就去世了。几个表哥，都是些读书不多的本分人。但憨实的人，最容易生成冷硬的倔，一点点矛盾，都能酿成迈不过的坎。其中一位表哥因宅基地的问题，和三姐夫的兄弟产生摩擦。吵吵闹闹久了，某一天，就动了手。一个表哥被揍了。其时三姐不在现场，但还是被后来知情的父亲狠狠地骂了一顿，言下之意是打人者没有顾及三姐的情面。是的，距离产生美。距离太近，难免不美。

这是常情。一方面，三姐看到贫苦的现实多了，虽然大姨生活艰辛，但因为抬头不见低头见，怜悯之情容易因熟而遗失；一方面，表哥向我父亲狠狠地告状，让三姐遭受飞来横祸，她因此有点生表哥的气，连带抱怨起大姨。

难怪我在三姐家说，我要去看看大姨，三姐的反应有点奇怪。

但不管怎么说，三姐是懂情重礼的人，心直口快，容易冒火，亦容易熄火。正说着话，门口的路上就看见大姨的身影。已是晚饭时间，三姐和我热情地挽留住大姨。吃完晚饭，我提着礼物，送大姨回家。

踏上一条只能走自行车的小路，路边的荒草生机勃勃，足有半人高。大姨家在一条山沟里。这条小路，我已20多年不曾走过。

小时候喜欢走亲戚，喜欢翻山越岭到大姨家。山上

野花芬芳，鸟鸣不已。漂亮的野鸡不时“扑棱棱”从身边惊飞，被惊到的野兔蹦跳下山崖，支棱着耳朵警惕地看着。一次，在追赶兔子的路上，我无意间在一处土坡上碰见一棵低矮的野桃树，树上挂着成熟的桃子。那甘甜的滋味引发的快乐，至今难忘。而一蓬蓬像剥开石榴皮的小野果，倒是随处可见，一采一大把。

离开脾气火爆的父亲，离开需要谨言慎行的家，爬山而行，意味着自由与轻松。大姨家独卧在深沟尽头的半山腰上，房前屋后果树繁茂，各种羽毛华丽的鸟蹦跳在山涧枝头。记忆中大姨父黑瘦寡言，很少和我们说话，但我们不怕他。喜欢孩子的大姨给我们打桃子摘葡萄。我们这些在家里很难得到母亲宠爱的孩子，在大姨家，由着性子跳下窜上，活泼得如同大姨家路边肆意疯长的野花。是的，这些野花如果开在我家的路边，肯定会被父亲没商量地铲掉。父亲需要的是整齐和干净，是以他为中心的秩序。

那时大姨家最让我惊讶的是，屋里居然有一处水坑，盛着满满当当的地下水，吃饭用水就从那里舀。水不深，很清。当时觉得神秘、好玩，就恨自己家里没有这么一股神水。我开心地用水勺舀着，玩着，尽管水洒了一地，大姨也没有呵斥我，只是叮咛我注意脚下。

我要回家时，大姨会摘好多水果给我，一直把我护送到山岭上。站在山岭上，可以看见我家的屋顶。本来我说送到这里就可以了，她看我调皮，走路不稳当，担心我从小路上滚下山坡，又牵起我的手，送我到家门口。我那时想，妈妈要是有大姨这么爱我们，那该多好啊。

突然传来的狗叫声，把我从回忆中拽回。快到大姨家了，门口有一对母女出现了，可能是某个表哥的妻女。这才知道，一位表哥还没有搬出深沟，与大姨同住。

大姨说山沟里的人家都搬走了，只剩下她一家了。

沟里没有多余的人声。如果荒凉没有一个递减的过程，人尚且可以习惯清静，但眼见一家家搬离，沿路两边一户户封窗锁门，庭院中青草葳蕤，心再坚硬的人，恐怕都会生出悲情。

不晓得什么时候会再见大姨，也许这就是最后一面。大姨一生贫寒，几乎没有轻松地生活过。想起大姨赐予我少时的温暖，有点难过，全身皮肤凛然一紧，如同被冷水激过。也许大姨根本回想不起，她究竟为我做过什么。

“娃，姨这辈子怕再也见不到你了。”这话，大姨还是说出口了，眼泪在眼眶里打转，太像我的母亲。大姨弓着背，叹息着。我抓着大姨粗糙的手，轻轻地抚着。我往大姨口袋里放了钱，这个计划之外的举动，让大姨惶惶然。我执意给她，大姨就一口一口地夸奖着我，述说着我小时候的乖巧和懂事。

在很多时候，钱是人情世故。但此刻我要感谢钱的助力，它放大了我对亲情的无限眷念。面对贫困与离别，钱有其无法替代的价值。钱，似乎脱离了庸俗的物质性，而具精神性。面对一个注定无法彻底帮扶的至亲，我只能痛恨命运的无常与无情。

几年后，再见到大姨，她已成灵堂前挂着的照片。她和蔼的目光注视着我，似乎在说：“娃，姨走了，你要多回家陪陪你妈妈。”我郑重地磕了三个头，泪水再没能忍住。没有谁会明白一个中年汉子对少时温情岁月的感激和感怀。

他们是家族的气息，走一个，魂散一圈

“我们回去了，家里就有人了。”

秦岭南麓七月的上午，树影斑驳，凉风时起，七点的晨光明亮但凉爽，正是一天劳动的好时辰。

暑期到了，终于忙完女儿兴趣班考试的事情，急急订下北上返乡的车票。路上女儿问我：“家里有人吗？”她知道奶奶去年去世了，老家的房空荡荡。“我们回去了，家里就有人了。”我说。

老家的房子，被热热闹闹的夏季庄稼、蔬菜和果树簇拥。家族内和左邻右舍的各类事情，此起彼伏。这些，都需要兄长和嫂子常回家照应。所以老家的房子，并不寂寞。

兄长是闲不住的人。一回家，不是清扫庭院，就是整理葡萄架。我也跟着忙碌。

这次，我执意带孩子到乡下小住，就是想让孩子多亲近山石和野草中的自然，多在村邻的走动中感受人情世故的自然流淌。

一

兄长有事要走。女儿与侄女的孩子玩得很开心，也相约与我兄长同去。偌大的庭院，就剩下我和儿子待着。蓝天上的白云，散淡地漫步；村道上的人影，稀拉得可怜。坐在门口，忽然感觉自己是时间的弃儿，悠闲得有点可耻。

这是一年中我第二次回老家。第一次回家的缘由——三叔去世后百天到了，母亲离世后首个生日来临。

这一次回家，偶逢二叔卧病在床。二叔是父亲兄弟四个中个头最高脾气最好的长辈。小时我和二叔住一个大院。大年三十，吃午饭，我去敬酒。二叔笑嘻嘻劝我喝酒。我勉强喝了，晕晕地，没大没小地喊：“把我喝醉了，你给我看病。”那时，二叔喜欢和小孩子开玩笑。与父亲对自家孩子的生冷相比，我特别羡慕堂哥的幸福。

读高中时，学校在城里。高三时一个夜晚，我拿着学校报送的通知单，开心又惶恐。选择哪个学校、哪个专业，能咨询的人，只有在城里上班的二叔。那次他的建议，造就了现在的我。

带孩子去看二叔的路上，我告诉孩子：“二爷爷和你们关系可大了呢，没有二爷爷的指教，就没有你们啊。”

没有读新闻专业，我就没有浪迹天涯的冲动，更不会去湖南。

二叔原来身体一直很硬朗。每天散步，会吃能说。这是长寿的征兆。

这次因为摔跤，我才知道他有脑梗。一个在你记忆中健朗的长辈，只隔两个月，就躺在病床上，实在令人无法接受。我低头问他是否认得我，二叔缓慢地说认得。

泪水忍不住想流。

这个世界上，我们对长辈的念想，总量是有限的。父亲、母亲、三叔，每走一个，我就把对长辈的留恋往后迁移一个。每一个健在的，都寄托游子对血亲、故土的最深牵挂。他们是家族的气息，走一个，魂散一圈。

看着二叔消瘦的身形，想着父辈们曾经的筚路蓝缕，不由让人感叹浮生若梦。那些要强，那些不甘，那些颠沛流离的奋斗，那些烟熏火燎的日子，大抵会消失得无影无踪，只是偶然活在后辈们各种语气的闲谈中。

二叔是喜欢开玩笑的人。乐观的人，命运总会眷顾的。他会挺过来的。

二

通往柴房的小径，几场夏雨，就野草横生；没有人摘的沙果，隔一夜，就落满绿地。

清晨，扫着门外的大路，听见鸟叫。沙果树上，两只不知名的鸟在枝头蹦跳，沙果跟着鸟叫的频率，时缓时急地掉下枝头。这些鸟儿，也不是认真地吃东西，这儿啄一下，那儿啄一下。我一扬手，鸟呼啦啦撤了。

一切又回归沉寂。没有鸟鸣，没有人声。对付寂静的办法，就是拿起劳动工具。院子干净了，屋里干净了。儿子在屋里看手机，没有和我说话的一丝迹象。院子上下，只是回荡着一个中年男子出出进进的声音。

昨天傍晚，带孩子去三姐夫的药地拔草。

一小块地，草稀稀拉拉，没有想象中的繁茂。姐夫说十多天前已经锄过。想想也有20多年没有拔过草了，豪情顿起，今天这些草我们一定要拔完。半小时过去了，胳膊酸了，腰僵硬了。儿子是第一次拔草，比我想象中坚持得更久。一小块地，一个小时过去了，还有四分之一没有清理干净。

姐夫说去另一块药地看看。这片谷地，房屋稀稀落落。姐夫熟络地和家门口吃饭的主人打着招呼。路旁一所院落里，两个孩子在玩。姐夫感慨地说：“这家男主人也是大学毕业生，因工作冒犯了领导，被变相开除回家，靠外出打工养活一家。如今老婆离家出走，剩两个孩子由爷爷照料。”昨天正好是老家赶集的日子，姐夫正好在路上目睹了这样一幕——不到十岁的女儿迎住赶集回家的父亲说：“给我买方便面吗？”父亲说：“商店没有。”女儿又问：“割肉了没有？”父亲说：“今天集市不卖肉。”女儿信了，开开心心接过父亲买的挂面。姐夫感慨：“你说就怪了，肉都吃不起，衣服也买不起，人家孩子没怎么委屈也没怎么自卑，学习成绩还是班上数一数二的。”

稍微推算了下，这个姑娘的父亲比我大三四岁。当年能考上大学，在我们当地应该是很风光的事情。如今他已50多岁，还能打工多久？

姐夫的药地所在的谷地，和我老家隔一道山岭。山脊处，火车轰隆隆开过，如游龙般穿行于无边绿涛碧浪上。巨大的声音在山谷里定时响起。除此之外，山谷里万籁俱寂。坡地里紧密的植被，像捂住一个巨大的谜语，没有人能揭开谜底。山地里会生育什么？姐夫说，有野猪。但乡民不敢打，因为它是国家保护动物。即使能打，用什么打呢？电网不行，枪没有。儿子说，挖陷阱。姐夫说，要将野猪赶进陷阱不容易。人少担心被野猪攻击，人多野猪很快窜上山坡。乡民只能深夜守在野猪附近，花一根烟的工夫朝它们扔两个鞭炮。“野猪听多了，也不跑了。”

这片谷地，有一个胜地，叫太子寺。隔山的另外一道谷地，也就是我老家的所在地，也有一处胜地，叫丞相沟。这里的“太子”有人说是夏帝少康，“丞相”为照顾少康母亲的大臣靡。相传少康在复国前曾流亡到我的家乡。

故乡所在的秦岭山沟，散布着一些无法考证的历史传说，如同繁星，照拂着无数赶路的游子。不耀眼，但永恒灿烂，给高歌远征的游子以恒久的陪伴。它们是故乡的明珠，是游子的暗号。

儿子波澜不惊地听着我的解说。这些地名，他从未抵达，过去也从未听说。他基本注定是这片僻壤的局外人。

从不午休的我，开始在午饭后躺下。否则漫长而酷热的下午，真不知道如何度过。

屋外的菜地里，豆荚在长，黄瓜在长，茄子在长。醒来去田间转转，前几天尚小的它们，现在都可以摘了。炒了，真好吃。

如果母亲在世，她该批评我菜摘得有些早了。

在寥落村道，与昔日温柔重逢

“是你啊！”身后突然传来我熟悉的喊声。扭头一看，是满脸惊讶夹杂着开心的小姨。

暑假，带儿女回老家闲居。门前的沙果不时跌落，乱溅一地。扫完又落，坐着听落果声。噼里啪啦，一定是鸟儿在枝头捣蛋；咚，咚，一定是熟果开始脱蒂了；啪，啪，一定是被虫蛀过被鸟啄过的坏果站不住脚了，跌落路面。一颗红润的沙果滚落到脚前，捡起来，用手掸去细沙，两口吃下，粉粉的甜，有点微酸。

枝头上的熟果，只能搭梯子摘了。

坐久了，无聊，想去赶集。老家的集市上午十点多开始，下午两点多结束，如夏天的急雨，来去潦草。我很久没有逛过老家的集市，想去看看那里还有没有小时奶奶爱吃的炒凉粉，有没有爸爸爱吃的大麻花，有没有妈妈爱吃的炸油糕。如果有，我不想放过它们任何一个。

早早吃完午饭，吆喝着儿子和女儿从空荡荡的村道穿行。路上没几个人影，即使碰见几个老人，大家都相视笑着，却并不言语。我们彼此不记得眼前有点陌生的熟人。毕竟我毕业后离开村庄20多年了，而村里的人生生死死，出出进进，变化太快。

我们的村庄，根据位置，分南头和北头。我家是北头第一家。我读过书的小学就在北头，如今校园早已经荒废。当年校长也是同村的叔辈，给我上过语文、美术和体育课。大概四年级时，我有一篇写元宵节的作文，被他当范文当堂念过。正给女儿讲述小学往事，就在路上碰见了校长的儿子。我们同龄，他的学习一直优秀，现在已经在西安一所高校当老师。记得初三时，我大姐总是批评我喜欢看电视，痴迷程度属于晚上电视不关人不走的程度。她常敲警钟，说某某某的妈妈说她儿子每天晚上12点还在看书。某某某就是这个聪明而且勤奋的老同学。

好久不见，热情问候。老同学暑假回家看望家人。眼下，我彻底从游子变成游魂。而他可以双手插袋，悠闲地在村道里转转，毕竟到了饭点，自有娘亲做好热腾腾的饭菜。

一

寒暄几句，我们继续赶路。村道两边的房子，很多是扳倒重建的。如今我大都记不清他们原主人的名号。也有破烂荒废的，其中狮子院的境况最令人唏嘘。

我的梦想

狮子院，曾是盛满儿时欢乐的活动中心。那里通常每天都有人聚拢，或闲聊，或打牌，或下棋。年关到了，少不了敲锣打鼓、舞狮子、做孔明灯这些例牌。狮子院的院墙早已不见踪影。临近村道，两只饱含岁月痕迹的石狮笑对行人。我的小学班主任牛老师精通家乡文史源流，据他考证，石狮是狮子院的先祖从南方运回的。清朝乾隆年间，老家李村走出了国子监太学生李蓝甫。此后，李蓝甫家族名声大振，生意兴隆，富甲一方，修建了当地最早的四合大院即狮子院。在牛老师的笔下，狮子院的建筑高大气派，装饰考究。“高高的屋脊，一朵二尺来高、特殊烧制、含苞欲放的方形瓦蓝色莲花牢牢地镶在屋脊中间。细细看去，这莲花莲叶舒展，荷苞未绽，生机勃勃，一派盎然。莲花下的屋脊上紧密地贴着叶形花边云瓦，屋脊从莲花下向两边延伸，到了房屋两边的尽头，龙头高高翘起，直奔苍穹，十分威武。龙头下屋脊两边的腿子，从屋脊舒缓地延伸到房檐。檐头扣着的瓦下，各有一张弥勒佛似的笑脸，活灵活现。”

这对石狮胜在可爱，各噙一颗灵核，能轱辘辘地转动。经历过无数的时代风雨，石狮竟然成了老人眼里有灵性的神兽，谁家生了男孩，就高兴地抱到石狮前，让孩子骑在狮背上，沾沾福气和灵气。经过无数大小孩子的骑乘，石狮已被磨得油光铮亮。

前几年，一个风高月黑的日子，这对石狮居然被贼人偷走。不久，一对新的石狮被院子的主人购回，蹲守在原地。

眼前，这对石狮寂寞地看着村道。狮子院历经岁月风尘，遗留的房间不多了。这儿原来住着几户人家，随着儿女的长大，旧屋显然不够住了，大家纷纷择地另起新屋。狮子院于是加速荒凉。

这个院落及周围的邻居陆续出了不少人才，譬如我少年时的一位极好的朋友。他虽高我一辈，但读书时他愿意和我如兄弟一样相处。他的优秀是全方面的，不但语数外成绩好，而且书法、象棋样样精通。我读高中时，他已经舍弃了进高中的机会，而是读了毕业后会安排工作的农校。他的伙食有国家补助，比我高中的饭菜好多了。周末，我常去他那里蹭饭，他从来都是热情招呼。不定期到他的学校游玩，是我枯燥的高中生活中难得的一抹亮色。我已经有很长时间没有见他了。听说他孩子的学习成绩，也是相当优秀。

村道已经被水泥硬化。村庄南头地势低，过去一到雨天，沙土路就成泥浆路。读初中时，学校在南头。每次上学，我需要穿村而过，因此雨天对我这个有点洁癖的人而言，简直是噩梦。我每次都是蹦蹦跳跳——专挑地势高点的干地方走。

初中的校园仍在。当年的土木建筑，早已被水泥楼房取代。学校的院墙被农村和浓密的玉米地包围，看不出大概样子。女儿问学校有没有图书馆，我说现在估计有。我读书时有吗？答案显而易见。图书馆对于那个时代的我们而言，简直比梦还远。

这条穿村而过的村道，通向过去的镇政府所在地——瑶仙殿。如今乡镇合并，镇政府撤走了。街道终于铺了水泥，但在非过年的日子里，总是空寂冷清。集市沿袭了过去的时间。一大早，四处赶来的商贩只占去街道的一半，大约走50米就到了尽头。卖衣服卖西瓜的，是外地来的；卖蔬菜的，有外地的，大部分是本地的。菜摊上有一种辣椒，大得出奇，女儿可以两手端着。老板叫不出学名，就说是尖椒，不怎么辣。我赶忙用手机拍照，向长沙的朋友炫耀。他们难得谦虚地也说没见过这么大的。

集市上没有奶奶、爸爸和妈妈曾经爱吃的东西。妈妈曾经像卖水枪的大娘那样，蹲在路边，眼巴巴望着行人，卖自己菜地生长的韭菜或黄瓜。

刚要掏钱给女儿买她心仪的水枪，背后有人在喊我的名字，不曾料到，多年过去，我们还能在这寥落村道，与昔日温柔重逢。

二

妈妈有三个兄弟姊妹，一个姐姐，一个妹妹，一个弟弟。姐姐和弟弟先她而去。小姨在妈妈最后的日子里，时常探望。小姨也陪同我们，一起哭送她的姐姐到人生最后的去处。

我时常感念小姨对我们的记挂。这个世界，妈妈的平辈血亲，只余她了。

小姨说，刚才她早看见了我，但不敢肯定，怕认错人了。于是她就让一个熟人追上我，喊我名字。

我也忽然忘了，这次回家应该去探望小姨。小姨的家距离街道不远。

小姨拉着我的手，絮絮叨叨地讲起我妈妈在世的事情。

几年前，小姨前来探望她的姐姐。在我妈妈的挽留下，她答应了晚上和妈妈同睡。冬天，妈妈可能嫌弃电取暖器效果不好，就烧起了煤。晚上睡觉时俩人同时煤气中毒，小姨情况还要严重些。兄长给我转述时说他吓坏了。小姨身体好转后，从没有向外人和我提过这件事。

长大，是一件残忍的事情。到了中年的我们，看多了生死，就淡忘了亲情。忘记了我们艰难时曾被他人温柔以待，忘记了我们都曾发誓珍惜少年时遇到的情与爱。我们自以为是地圈定了感情的自留地，自留地内，是父母和孩子；自留地外，是虚与委蛇。

小姨父去世时，父亲还健在。小姨这么多年居然越活越健康。现在想来，这和她的心态有关。每个家庭都有难言的矛盾，但小姨从不钻牛角尖，她总是从各种角度理解孩子的难处。这种生活智慧，是妈妈所不具备的。

同一个爹妈，为什么大姨和小姨那么会心疼儿女，会说一些贴己的话，妈妈就是一个直肠子？这个问题，一度成了我们姊妹五个的天问。常常莫名其妙地得罪他人，不被自己的婆婆喜欢。这就是妈妈一生的命运。但真要妈妈变成谨小慎微、看他人脸色的人，我们又不愿意。

和小姨说着话，老天变脸，突起大风，大雨将至。小姨要回家了。我执意送她。半路上，塞进她口袋的钱，又被她推出。几次拉扯，钱掉地上了，我走了。我实在没有办法表达一个晚辈此刻复杂的心情。

说实在的，今生能否再见到小姨，也是未知。

晚上，看手机时，鬼使神差地翻到了妈妈的微信号。兀自愣了一下，盯了这个沉睡已久的微信头像看了好久，忍不住发了一句：妈，你在那边还好吗？

世上所有美妙的父子关系，只能向往

儿子过了11周岁生日，他的童年时光已经接近尾声。我对他的教育反省，一直处于矛盾与挣扎之中，一度想请心理医生给自己看看。三观让我难以敬佩的心理医生，他们开出的药方，也让我难以信服，因而放弃。周围一些看似育儿有心得的人，或性格或品行，都有点我难以信服的问题。他们的方法也许是对的，但我就是不信他们的夸夸其谈。假以时日，儿子长大后，如果觉得自己童年不美好，我写于他11周岁时的几个感叹，也算做一个坦白，让他了解一个父亲的真实苦衷与灵魂挣扎。

似乎世上所有美妙的父子关系，只能向往，而难以亲自创造。有什么糟糕的父亲，往往就有什么糟糕的儿子。这种坏脾气、坏性格的潜移默化，就这样不动声色地塑造了下一代。反对什么，就成为什么。当你成为父亲，面对儿子的调皮失去耐心时，那种沮丧和失败感，来得特别深刻。

现在中小学生的痛苦，大于我们70后。我们那时是赤裸裸的应试教育，成绩大于天，尤其是乡村孩子，没有了分数，一切都为零。你的精神成长，你的反“洗脑”，你的自由寻找，往往只能从大学开始。一不小心，就一生为不自由辩护，一生甘心做权力的奴仆。而现在，在素质教育旗帜下，学生学习的难度被全方位地垒高。一个不以从小培养和呵护学生好奇心为重点的教育，就算有精美的标语、美好的期许，也是经不起推敲的。不说虚伪，至少是可笑。

这个时代最大的悖论是：活得不清楚的父母，试图把自己的子女教育得清楚。不读书的家长，很奇怪孩子为什么那么不喜欢读书；整天刷手机不停的家长，激烈反对孩子用手机。这样的家长教育孩子越努力，就越让人觉得滑稽。当然我自己也偶尔投身其中，譬如我公开给孩子说成绩不重要，重要的是敢于努力，但难免在心底用考试成绩评价孩子成长的质量。

很多人都有被家长说教的心理阴影。不巧的是，我没有。我的父亲没有多少大道理可讲，对付我的“过错”，多是责骂。而我对儿子的循循善诱，也许在儿子看来多是自以为是或了无生趣的说教。我引以为傲的和父亲的区别，就是在教育子女时还能说点道理，不是蛮干。但说教容易上瘾，让自己变成孩子讨厌的对象。看清了这一点，真是难过，作为父亲，我似乎一点优点都没有了。

小学五年级的儿子“六一”有活动，我作为家长去学校围观。看到那些同台走秀的各种扮相的父子——蝙蝠侠、魔法师……感慨那些能陪孩子公开疯的大人的勇气，更感慨他们对孩子的期望。我自傲的是我对孩子的期望高过他们：不能糊涂地过一生。成绩好，才艺好，并不能意味教育的成功。不过我这样的要求，不高，也真不低。

有时疲于教育孩子，就会滑向应试教育的泥沼。那样单向而省心，毕竟力往一处使，最简单，也最容易出效果。这个时候，一个尖锐的冷笑响过耳边：你不是自以为高明吗？你还不是说一套做一套！那种挫败感，如坠冰窖，无法挣脱。

很佩服那些教育孩子时三观和套路都那么清晰的父母。他们说的是一套一套的，但我看他们的孩子表现出来的模样，还真优秀不到哪里去，禁不住暗地里鄙视自己一下：你的儿子其实也不错。但事实上，上午一嘚瑟，父慈子孝；下午一震怒，父子成刺猬。

家里有个妹妹，为了平衡兄妹的关系，我批评了哥哥无数次。我一直在做的是：坚持平等地爱。不过，公平要相对，譬如为了健康，哥哥能吃的，妹妹不一定能吃。妹妹也理解了，辣的，凉的，只能看着哥哥痛快地吃，她等着长大。我能做的，就是让哥哥吃得不要太嚣张，尽量背着妹妹吃，不要故意刺激妹妹的羡慕嫉妒恨。但是，我要向儿子检讨，过去为了照顾妹妹，有点忽略他的感受，没有把他想要的公平清晰地表达出来。做哥哥的，也有个成长的过程；做父母的，除了要有公平心，也要有耐心。实在是不理解也不喜欢有的父母对儿女的分别心。

看着儿子即将进入少年，那些传说中难缠的叛逆，不知道什么时候就要横亘在我和儿子之间。说实在的，读了不少书，道理看了不少，但是否能自如地应对那些突如其来的情况，我不太乐观。不过，唯一让我对自己有点信心的是，我在修炼自己，控制自己发脾气的速度和频率。有其父，必有其子，尤其是在坏习惯方面，我已经沉痛地看到了不祥的苗头。孩子，我们一起成长吧。父亲年纪大了，但心智有时还真在少年。这不是骄傲，而是惭愧。

认真做事的人，不该被嘲弄

亲爱的牧语：

你好！想来想去，爸爸还是想用写信的方式来说说我的一些心里话。

爸爸是一个脾气不好的家长，稍有风吹草动，就容易吹胡子瞪眼。这种急躁的毛病一再爆发。我知道这是爸爸的致命缺点。

我之所以和你想谈谈，是因为你大了，慢慢有了自己的主见，要逐渐独自面对这个社会的风和雨，有些交代，一定要有人来说。而和你面对面谈，会表达不清，或者有些话说不出口。

爸爸也是从一个15岁的少年长大成人的，知道少年之烦恼，知道有一个脾气不好的父亲，对儿子而言，是一件很痛苦的事情。

15岁那年，我也是初三，迷迷糊糊。虽然知道迫在眉睫的中考有三个结局，一个是读高中，一个是考上中专，一个是从此告别校园，但也不知道如何选择未来。

我只知道从铁路单位早早退休的父亲，对我的学业，一直没有抱多大的兴趣，在他看来，继续读书，不一定能考上中专或者大学。在我的理解里，他是希望我早早地初中毕业，帮他干些农活。

考上中专，在我们那个年代，就是继续读三年的专业学校，毕业后由国家分配工作，有的可以去小学当老师，有的去乡政府当文书，有的去基层农技站当技术员（嫁接果树或者培育家畜）。很多家长，都希望孩子能考上中专，早点工作赚钱，帮大人分忧。那时农民太穷了。所以，成绩好的学生，第一目标基本上都是考中专。

考上高中，才有机会考大学。但在20世纪八九十年代的农村，考上大学，是一件不容易的事情。

我肯定不想早早告别校园。这是我人生碰到的第一道难关。幸运的是，我的嫂子，也就是你的大妈，她鼓励我考试，不管中专还是高中，能考上哪个算哪个。

我感觉那次中考自己并没有发挥好，但奇怪的是全班只有我一个拿到了商洛中学的录取通知书（这种奇怪的感觉，在我高中毕业时，居然又出现过一次）。我的嫂子支持我读高中。高中三年，全家人，只有她关心我的成绩单。那个时候，我普通话都不会说，而同学中大部分是从商洛市下面七个县的初中拔尖而来的。我学着和各地来的学霸相处。这对一个内向的人而言，是一个痛苦的成长过程。

说到这里，我想告诉你，每个人的成长，除了天才是自然成熟，不用施肥浇水，全靠内功，大部分平凡的人，都需要凭借一个外力的点拨。我庆幸，在我懵懂的时候，还能有一个像你的大妈这样的大人，关心我的学习，为我指点迷津。

当然，别人指出方向后，怎么走路还是要靠自己。如果我碰到困难就一屁股坐在地上不想走了，这样的情况多发生几次，我的嫂子估计也不会怎么理我了。毕竟最该管教我的，是我的父母。当时学生中流行看金庸的武侠小说，有人被迷得神魂颠倒，类似现在的人沉迷打网络游戏，成绩下降得很厉害。我也曾沉迷看武侠小说，一次不小心被我的嫂子发现了，她很郑重地向我的父亲告状。我看到她那一刻怒其不争的神情，吓慌了。从此以后我再也不敢看武侠小说了。

我那时哪里知道，学习是为了遇到最好的自己。我只清楚，学习，是为了让语文老师能看得起我，上课时多读我的作文；学习，是让城里的同学，不能小看我们乡下来的；学习，是为了让我的嫂子不失望，让她给我理发时我更能理直气壮……

这一个个小目标，看起来有点好笑，但确实拼凑起我高中三年的学习生活。至于“学习，是为了有机会走出大山，见识更好的风景”这样的话我不敢说，怕自己真的达不到。但我敢下决心，至少要把总成绩保持在班级前三名，谁拦住我，我就干掉谁。

这样的代价是，为了占住晚自习的座位（那时我们的晚自习可以在自己的教室，也可以在学校的一个大教室进行，后者亮灯时间更长，同学们都喜欢去大教室），我练就了小步快走（现在爸爸的走路频率，就是那时养成的，慢不下来）。

现在我想如果我有你那样的智商，班级第一名，一定是我。好在我喜欢琢磨。虽然论我不是班上刷题最多的，但就算我再忙，也会把典型错题订在一起，考前翻一翻，效果出奇的好。

我们班上一个同学，总是盯着我，唯恐我比他睡得晚（也许他内心对我一直不服气）。所以，熄灯了，他都会在宿舍外的路灯下看书。有时我故意逗他，他回宿舍准备睡了，我装作起床了，他还以为我又要去看书，就半天不敢躺下。现在想来，我有点过分，有点自以为是。这个世界，认真做事的人，不该被嘲弄，而须被尊重。

高中的生活，给我最深的印象，不是读书辛苦，而是肚子辛苦。没有钱买菜，冬天就吃你的奶奶腌的卷心菜；常年吃玉米粉熬成的粥（现在我见了玉米粥，胃都举旗抗议），周末才去校外饭馆吃一碗一块钱的面，就算是改善伙食（不记得面里有没有肉，估计是没有的）。

高二文理科分班考试，我的数理化成绩总体比历史、地理考得好。按照一般规律，家长都会建议孩子学考得好的学科。但这个时候，班主任马老师建议我报文科班。他觉得我对文科更有兴趣，学习应该更有潜力。正是马老师这一句信任的话，让我对文科学习憋了一股子的劲。文科学习，少不了背诵。开始背诵确实辛苦，但只要找到自己的记忆方法。譬如，俄罗斯历史上唯一被称为“大帝”的沙皇，是彼得一世，高中世界历史课本中关于彼得大帝的描述是这样——“体格健壮，性情粗野”，用词太有个性，至今我都难以忘记。一想起彼得大帝，脑海里就浮现这八个字。从此，趣味记忆成为一项我主动运用的记忆法。

高中三年的学习，让我明白一个道理：发现自己潜力的人，通常是他人。我们要珍惜每一个善待自己的人。他们可能是自己的老师，可能是自己的亲人，可能是自己的朋友。他们关心我们，爱我们，我们就要活出一个样子，让他们觉得“我”是值得他们善待的。

回忆我大学以前的考试成绩，能考90分（百分制）的情况，还真不多，大多是80多分（我小学一年级考过零分，你没想到吧。你奶奶在世时，常拿这个取笑我）。

我想，我太在乎你了。每一个家长多多少少有这种望子成龙望女成凤的心理，但掌握不好分寸，这样的念头就是孩子成长的绊脚石。什么是龙，什么是凤？在我看来，不是学习成绩优秀的人，不是长大后出人头地，而是懂得自己想要什么，同时会为目标付出坚定的行动的人。

爸爸会记住你第一次写“看图说话”时的天马行空——“小河弯弯曲曲，像调皮的男孩一样蹦蹦跳跳”；会记住你小时住医院时认真配合医生诊断治疗的懂事和阳光；会记住你第一次告诉我——“我会想办法和闹矛盾的同学和好”；会记住你写作文组织素材关于爸爸妈妈不同性格的流畅过渡……每一个美好的片段、画面，都是你的成长。你是我和妈妈的骄傲。

爸爸说过，每个人都可以通过学习，锻炼自己的思维能力，磨炼自己的性格，譬如耐性和平常心。如果把学习当成一块磨刀石，为了让自己这把刀锋利，只需要用心磨就是了，锋利是迟早的事情。即使不怎么锋利，我想，我们也达到了目的：我们努力了，锻炼了自己，同时习得了一种智慧——敢于努力的人，才会遇到最好的自己。

幸福是什么？是靠自己的双手探索世界的大不同，是自己发现自己的美好。

爸爸这么大年纪了，也不敢说找到真正的幸福，但我觉得我在向真正的幸福一点点靠近。我爱这个家庭：爱你的妈妈，她那么善良、工作那么尽心尽力，唯恐又被老板指出瑕疵了；爱你的妹妹，做事不慌不忙有条不亲，她对你的喜欢，至今从没减少一分；我爱你，我的儿子，机灵内秀，学习速度超快，不会记仇，不和别人攀比——这样好的家人，值得我骄傲和珍重。

为了配当这个家庭的男主人，爸爸必须努力学习，读更多的书，掌握更多的沟通技巧和生存技能，磨炼自己的性格，做一个真正体面的父亲，而不是一个动辄暴怒、不懂得珍惜的人。

这是我第一次给你写信。牧语，我的孩子，如果你觉得这封信还有点价值，你可以把你的感想写进日记本；如果有机会，爸爸也想听听你的心里话，譬如写一封信，可以吗？

爱你的爸爸

你只是碰巧成为我的孩子

亲爱的牧语：

你好！马上就到你的生日了，很可惜你住校，吃不上生日蛋糕，爸爸提前祝你生日快乐！

小时候，我们都曾希望自己快快长大——吃自己想吃的，做自己想做的。但慢慢地就知道长大的不好，毕竟不能肆无忌惮了。知道自己不是儿童了，不是少年了。有了淡淡的忧伤。

这就是人的矛盾。小时候，看着你好奇地走进幼儿园，我在想，你再也不能随心所欲地哭闹了；看着你抓住衣袖轮转着外套走进小学面试，我在想，你人生的赛跑，是真的开始了。

每一次生日，都是你长大的见证。小时候过生日，你们多是盼望蛋糕的香甜、家人的祝福、快乐的放肆。爸爸不知道，现在要过15岁生日的你，是怎么样的心情。

我有点相信此时如你一样的少年，都是对未来充满憧憬的——有许多好奇，但不知道如何追逐好奇；有许多期待，但不明白如何实现期待；有许多不满，但不懂如何表达不满；有许多问题，但不熟悉如何拆解问题、破解问题。

爸爸一样有过15岁的迷茫——对自己不满，有力使不出，或者没有坚持下去的持久动力。

每个人，在每个年龄阶段，都有独特的疑惑、难受和不被人理解的哀伤。

人到中年，爸爸也有许多困惑和焦虑。

你现在的辛苦，真的是没人能够替你受，就像爸爸现在面对的一些问题，也没人能够替我解决。有些苦，只有咬着牙自己吃。越懂得学习的目的是什么，就越能跨越眼前的一些迷障。如果你经常看爸爸的文章，就知道我不是喜欢“鸡娃”的人，对无休止的刷题方式，也是极不认同的。

要想见到一个真正被岁月惊叹的自己，就要相信，自己是不够完美的，所有碰到的难的事、头疼的问题，都是这辈子无法逃避必须直面的磨刀石、障碍物。

这个世界，只有强烈的好奇心，才是我们热烈地活着、倔强地拼搏着的动力。什么是好奇心？好奇心，就是我们对周围世界和自己保持长久探索的兴趣。世界这么大，我想去看看；自己这么拽，我想比一比。放眼历史，凡是做出成绩的人，没有一个不是拥有好奇心的人。

好奇，不是猎奇，不是图一时快乐，它一定与人的努力、人的善良、人的进步相关。

好奇心，让我们主动寻求人生的意义，发现什么是持久的快乐，什么是永垂不朽，什么是天长地久。

我们是普通人，但普通人也希望自己过得与众不同，不想不明不白地长大，不明不白地被社会上课，不明不白地掉入沉沦的泥沼。

15岁那年，我在日记里，写下了自己的理想——我要当记者，我要走出大山。我说这话时，还在帮家里放牛。你的爷爷买了一头小牛，他希望我课余帮他养牛，牛在山坡吃草，我在牛旁遐想——我才不当放牛郎。

是的，父母不能主宰孩子的未来。孩子一定要自己找到自己的未来。作为家长，我能做的，就是给你迈出的每一步鼓掌，给你每一次的不服输点赞。

你长大了，和爸爸妈妈说话的欲望不那么强烈了。你每一次周末回家，妈妈都提前把家里狠狠地打扫一次，就想让你回家感觉清爽，让你觉得家是温馨的，是可以放轻松的地方。

你不在家的日子，我和你妈妈也经常回忆你小时候的可爱与调皮，少不了自我反省——如果那时对你的耐心更多一点点就好了。

世上没有什么后悔药，最可靠的改变，就是从现在开始，做更好的自己。

你还记得吗，初一时你军训归来，我接你回家的路上，你告诉我，班上有同学受不了累故意装病请假，你忍住了，完成了军训。

你还记得吗，你小学时我带你远足——走过猴子石大桥走过洋湖，口干舌燥，脚掌酸胀，你坚持下来了。要不是那天是端午节，我们会走得更远。

你还记得吗，你小时喜欢玩空竹，每学会一个动作，就急忙地给别人表演，那种热切和那份坚韧，真的感染到我了。

牧语，我只是碰巧成为你的父亲，你也只是碰巧成为我的孩子。这份缘，今生没办法躲开，下辈子也无法重续。我要学会善待我对你的责任，不急躁、不攀比，做你成长路上坚实的依靠。

每一个人都需要走出自己的大山。

15岁，爸爸再一次祝你生日快乐！少年，出发吧！

爱你的爸爸

总想着被保护，男孩子就看不起了

女儿若菲，从小文静内秀，在外讷于言；在内，则常发惊人之语。

曾有一段时间，我有用手机随时记录女儿言行的习惯。每段话后都留下了当时记录的时间。换手机时，一不小心，一些童言童语居然被我弄丢了。无事翻看这些幸存的快乐碎片，不只是一段温馨时光的回放，也算是一次正心修身的自我教育。

做完午饭，天热，上身冒汗，短袖被浸湿了，我的胸前赫然出现两坨湿印。休息时，三岁四个月的女儿缠住我，要爬上来。我指着胸口，夸张地说：“太热了。”女儿笑着说：“都是生气的云。”哇，这个生动的比喻。我好奇地问她为什么是生气的云，她说：“你问云。”她踮着脚，用手指戳戳我的胸口。

2018年6月28日12:30

9月3日上午，女儿第一次上幼儿园。第一天上学，估计有新鲜劲，女儿居然没哭；第二天出门，开始哼哼唧唧，快到校门口时，大哭；第三天清早，刚到校门口，暴哭。下午放学，我接她回家，路上，她坚决说不再上幼儿园了。第四天清早起床，她还有点小情绪，嘟囔着说不去。我埋头帮她穿着衣服，没有接她的话茬。去幼儿园的路上，她沉默不语。我用手机拍了一些路边的花花草草，用专门的软件辨认它们的名字，问她愿意拍不？她来了兴趣，我趁机逗她讲了不少话。她的心情有点好转。进了园门，女儿认真地向晨检的老师说了“早上好”。在教室门口，老师接过她时，她没有哭。我偷偷躲在窗口。老师抱她进教室，放下她，之后又带她进休息室，又领出来，坐桌位旁，放一个玩具给她，她不哭不笑。她的过分镇静，让我有点难过，莫非她是无奈接受了上学的事实？我在窗外向她摆手，她看见了，也摆手，没哭。不过我有点想哭。

2018年9月10日18:21

今天室外只有1 ℃，刚送女儿到楼下，妻子打来电话，说干脆现在给女儿放寒假，教室太冷了，不少小朋友的家长也都要求幼儿园放假了。我起初不愿意，因为我还有很多事情要忙。后来想想，女儿要是在幼儿园感冒了，尤其发烧了，小孩受罪，大人慌张，估计会浪费我更多的时间和精力，于是同意给女儿放寒假。女儿听说不用去上学，乐得手舞足蹈。我给女儿叮咛：“放寒假了，要乖乖啊，不能打扰爸爸写稿子。”她懂事地说：“我会的，我自己玩玩具。”回到家，我晾衣服，她在客厅哼哼唱唱玩挖掘机玩具。衣服没晾完，她就喊我。我应了，她还是跑到阳台，说：“怎么不见你了！你是不想带我玩吧。”真冤枉！放假第一天就给我下马威。

2019年1月2日8:56

在老家过完春节，妻子由于单位有事先走了。几天后，我负责带两个孩子回长沙。坐火车，是孩子们最喜欢的事了。我带女儿睡中铺。晚11点，她迷糊地说：“你挤到我了，把我的腿放好。”我抓住她的腿，左放一下右放一下，她都不满意，最后搁我身上，她说好。不到两分钟，她又嫌弃我挤到了她，要把我赶走。大半夜的，我能去哪里？我将就着睡在她脚下，她说我脚长，影响到了她。我只好摸黑坐起。她要喝水。她彻底醒了。我以前多次带儿子在火车上睡，都相安无事，第一次在火车上被女儿嫌弃。女儿趴在床上，探着头看窗外风景。她拉动了窗帘，被下铺的人拉回去。她发脾气，下铺说不能拉，她生气了。我劝她睡，她只摇头。我说你和妈妈用手机说话，她也摇头。让她看看我侄女的女儿打拳的视频，女儿马上说：“好。”我趁机说：

“你能让我睡你旁边不？”她开恩了，说：“好。”看完视频，她又让我抓痒。手忙脚乱中，手机掉到她头上，她哭了。刚哄平静，她又要喝水，又说热，脱了她的毛衣和裤子，她还要继续脱。好不容易劝她用被子盖住肚子，同意她可以把脚伸出被子。她不开心，侧过身子。我不作声，假寐。火车晃着。她继续让我抓痒。终于安静了，终于睡了。

2019年2月9日23:12

“爸爸，你忘记一个事情了。”“什么事？”早上，女儿不想起床，但想撒尿。她只穿了棉上衣，我抱着她去小便时，她突然这样问我。我一下懵了，回答不上来。“你不是说，小孩不能让大人抱着撒尿吗？”“我知道了，我错了。”我赶紧表态。她郑重地说：“你改正一下。”这家伙，得好还卖乖。“好，你放一百个心，我一定改正。”我狂笑。

2019年2月13日9:50

下午接女儿回家后，我在洗水果。女儿喊我开电视，我手上有水，说等会儿。她连说两次，我都说等会儿。第三次，她不开心了，喊道：“哥哥说等会儿你就不行，你就会说等会儿。”咦，长本事了，学会讨要公道了。我解释：“爸爸正在洗东西，不是闲着。哥哥那是玩，和我不一样。”她似懂非懂，正好，水果洗完了，我就给电视插上电，打开机顶盒子，她笑眯眯说：“爸爸知错就改，是好孩子。”

2019年4月17日17:28

快到父亲节了，幼儿园要父亲写一封给女儿的信。正好晚上我要出差去广州。临走前我写完了信，她开始大哭，舍不得我走。我承诺回家时给她买好吃的，她也不答应。我在卧室外整理行李，她大声喊我，我问她怎么了，她难过地抽泣着，半天说不出话。问了几声，她才说出：“抓背背。”她从小总说背部发痒，需要大人用手抓挠。轻轻地抚摸几下，她平静了许多。22:20，她浅浅地入睡，我蹑手蹑足地出门。次日早，妻子发来女儿的照片，说：“这下好了，她的眼睛哭肿了，双眼皮不见了。”这几年来，女儿的双眼皮，时现时隐，成为我们打趣女儿的焦点。看着女儿这般模样，有点难过，有点美滋滋。

2020年6月9日10:50

周六，我刚洗完澡，妻子突然让我铺小床，说女儿要自己睡。我觉得天太冷，不同意。女儿说她晚上不会乱动，让我不要担心。我劝她：“等天热了，爸爸一定让你一个人睡。”她同意了，但一会儿又抽泣起来。没办法，只好给她收拾床铺。她穿着棉睡衣躺下，我说我陪她睡着后，再走。顺她意思了，她突然又哭。她妈妈问她："是不是离开妈妈了，又觉得伤心了？"女儿点头。可怜的孩子，我估计是幼儿园老师布置的作业，让他们回家学着一个人睡。

2020年12月12日13:59

下午放学路上，女儿郑重地对我说："科学老师说电影《1942》看不下去，太惨了。我就想看看究竟有多惨。"我答应晚上带她在电脑上看。日本飞机狂轰乱炸，房屋倒塌，血肉横飞。她吓得捂住眼睛。她气坏了，不停说："我要是有一把大铁锤，就砸死日本兵。"她问我日本兵是谁打败的，我说是我们中国人打败的，美国人支援过我们。她问："美国人是好人吗？"我说："你想想，他们帮助过我们的。"看来日本飞机太凶了，女儿忘不了仇恨，第二天她还不停地说起报仇的事，信誓旦旦地说："我也杀日本兵。"从没见过她这么认真过。我急忙开导她，最好的报仇是强大自己，譬如我们好好读书，让自己成为一个科学家，或者发明家，或者其他有头脑的人，这样就不怕别人欺负。另外，报仇，不一定是杀回去。她问为什么。我说当年轰炸我们的日本人都死光了，我们总不能杀那些没干过坏事的日本人吧。"乱杀无辜，自己就成了大坏蛋了。”她似懂非懂点点头。

2022年3月27日16:40

刚才我剪发了，女儿又批评我没有剪刘海，说太长了。我说今天特意剪了刘海。她说：“怎么不把你的白发剪了，一剪，你就年轻20岁。”我说这次到底剪得怎么样。女儿嘿嘿一笑，说：“挺好的。”我说：“挺好，就是一般了。”她说：“是的，只年轻了一岁。”

2023年1月30日16:40

昨天下午放学路上，女儿突然对我说，有个老师说女孩子是用来被保护的。“好像女孩子什么都不会一样。”女儿有点不服气。我没想到生性腼腆的女儿居然能质疑大人，尤其是老师，于是我夸赞她：“你比很多大人都想得明白。这句话有哪里不对？”女儿不假思索地说：“总想着被保护，男孩子就看不起了。”我继续引导她：“那句话表面上是爱护女生，其实害了女生，是因为它让女生把自己的安全寄托在他人身上。如果人家哪天不想保护了，那女生的安全不就更糟糕了？”女儿点头说：“是啊，自己勇敢，别人才愿意帮你。”我打开话题：“最好的保护，是公平的发展机会。只想着保护，就失去锻炼的机会，也失去了证明自己行的机会。”女儿又问：“公平是什么？”我说：“简单理解，公平，就是人人的机会一样。”看着她若有所思的样子，本来想分一二三点分析，想想还是算了，鼓励她积极思考就行了。这么小，她听多了会消化不良的。

2023年5月5日17:05

明朗的、有书可读的时光，他没有等到

“你还能挖动吗？”岳母笑着问我。周末回岳母家，我执意要把菜园的一块红薯地挖完，并夸下了海口：“小意思，这块都要挖完。”话音刚落，钉耙就把一个大红薯挖破了。这下紧张了，距离红薯秧远点挖吧，不会伤到红薯，但要多挖几下，累人；挖近点吧，又容易伤到红薯。刚挖了十几窝红薯，就累得直喘气。

挖红薯，对于农民来说，是简单到不能再简单的活。如果没有读大学，我这个不会干农活的人，不知道会落魄成什么样子。

现在想来，自己能走出大山，纯属偶然。少年时，身边比自己会读书的同学太多了。我常常因为他们的灵慧和懂事而感动、而自卑。

一天晚上，初中的一个朋友突然闯进梦中。他问我复习资料做完了没有，明天就要中考了。我惊得从梦中醒来。几十年了，还依稀记起他走路时有韵律的脚步，

瘦高的个头，乡村孩子中难见的细声细气的腔调。因为他家距我家不远，他家的情况多少传入我耳：他的父亲因病早逝，一个兄长忠厚异常，为了拉扯三个儿女、赡养老人和支付小叔子的学费，面相厚道的嫂子也刻薄起来——变得不爱搭理自己孩子以外的人，和自家老公说话总是粗声粗气，更别说有好脸色对待婆婆了；朋友，更成了家里的拖累，在她眼里，小叔子学习再好，也不会给家里多挣一分钱，反而花钱更多。

我仅仅去过朋友家几次，都碰到她指桑骂槐的霸道样子。我替朋友难过，那尴尬的场景，让我不等朋友解释就落荒而逃。

朋友可能见识多了，也许真的理解生计的艰难，学会了泰然处之。他没怎么给我讲述家庭的遭遇，我只记得他最多的表情就是微笑，微笑地讲解他喜欢的文章、喜欢的作家。

他信手拈来的汪曾祺的名篇，我居然没有读过。我那时在课外偷偷地写小说，尽管写满了三个日记本，也不好意思拿给他看。

他的功课拔尖，可能当时为了考取好点的中专，专门留了一级，正好和我同班。（20世纪80年代，乡村学子能考上不交学费还能分配工作的中专，算是异常了得之才。）他的钢笔字清新秀丽，作文尤其出色，经常被语文老师当范文读给我们听。至今我还记得他的一篇作文——《送你一双风的跑鞋》。我记得他神情喜悦地给我讲解文章的精妙之处，似乎“风的跑鞋”引了某人名句（我至今没查出来），以此发散开来，讲述他对未来的憧憬。我现在还能忆起自己那时对他的崇拜——那么深邃的思想，那么清朗的句子，那么优美的表达。然而，明朗的、有书可读的、没有家庭纷扰的时光，他没有等到。1993年初春，我的父亲告诉我，他得白血病死了。当时，我正在县城的高中读书，捏着父亲送来的白馒头，白晃晃的雪地里，明晃晃的阳光下，我的手在空中僵硬了十几秒，眼泪在涌动。

那年初三，朋友命运不济，很少对弟弟凶过脸的兄长要他退学，到外地打工（似乎是背木材之类的事情）。我本来想找机会去看他，但想到这是一个让人自尊扫地的家庭变故，我的任何惋惜与辞别，都会让他难堪。我不想让朋友在难过中感受生之蹉跎、命运的不公，不想在他的伤口上撒盐。

他和一群粗壮汉子离开了山村，走了，不知道是不是心如死灰地走了。我现在想，如果给他机会考中专，他绝对会考上我们那届最好的中专；如果他想读高中，他肯定能考入重点大学。大学里，有他喜欢的书可读，有他喜欢的梦可做。同样的事情，他可能会比我做得更好。

我意外地考上了县一中。后来三姐告诉我，朋友被检查出白血病，已送回老家治疗。（其实是等死，他家里哪有钱给他治病。）其时高中进入学习紧张期，我没能回家看他。谁知没等到学期末，就传来他病死的消息。

他是在没有书、没有朋友、没有人心疼的情况下，孤苦地走了。不知道在等死的日日夜夜里，他望着窗外明月，会想起什么，会想起我这个绝情的朋友吗？

时隔十多年，朋友没来由地走进我的梦乡，我被惊醒，一时睡不着。深夜女儿突然哭了，该换尿布了。心事沉沉地忙完孩子的事回到了房间。黑漆漆的夜里，我呆坐在床上，睡意全无。

世上不知多少美好多少惊奇，都被那无数的无常，埋没，扼杀，清除。作为目击过毁灭的幸运者，难免会在繁华处悲伤，在喧闹中沉默，在静夜里叹息。

这世界真不缺虚张声势的风光

朋友生病了，我去病房探望。安慰的话，不知从何说起。望着望着，有泪水在眼眶打转。其实病情不严重，手术也很成功。只是，你无法想象一周前，他和我吃饭时无话不说，无比健朗；半月前，他和我在广场，饭后万步走得轻快。

我也是做过手术的人。还记得从重症监护室下床后的虚弱，以及被朋友扶持时的温暖。

生命是脆弱的，随时会被生活啃一口，那明晃晃的缺口，让习惯了光滑和整洁的人，一时难以接受。

还记得和朋友分别时，他大力地和我握了握手。在握手这方面，我和他是一路人，从来喜欢用力和人握手。那种点到为止的握手，不会，也因握过这样的手而感到羞耻。但生活经验告诉我，这就是社交。

想起和朋友十五六年的交情。在我买房最困难的时候，他没有半点犹豫，二话不说，就带我找人借钱。我们一起采访，奔跑过湖南最艰难的山路：风雪夜去凤凰，大片大片的雪花充塞着天空，越野车一点点挪着，我们时刻担心着下一秒的可怕后果。车终于挪到山下。进了县城，我们嚷嚷着要吃顿火锅，庆贺死里逃生。

我从来奉他为大哥。他是我随时可以拨打电话，即使没事也会想聊几句的朋友。

想着想着，想起自己的卑小。几年前，他和我商议一起做一件事情，他觉得我靠谱，我觉得那事不靠谱，遂多次搪塞。那时想，我这是帮他止损。现在想来，估计那时那件事是他平静的生活中少有的能激起他雄心的风浪。我的无动于衷，客观上伤害了他。

人，一辈子不做件令自己心旌摇动的事情，那还算活过一场吗？即使失败了，又能怎样？这世界真不缺虚张声势的风光、名不副实的成功。

这是一个中年人大规模被职场抛弃的年代。一个不常折腾自己的人，过了36岁，恭喜你，你将面临中年陷阱。“你是老板吗？你是高管吗？你在体制内吗？你是‘富二代’‘官二代’吗？”经不起中年的灵魂暴击，那么你要小心被职场淘汰了。

这种中年焦虑由互联网公司引爆。想想2000年左右，尽管身边穷得叮当响的人很多，但似乎没有人鄙视中年人，职场中中年人也能理直气壮地教训着我们这些愣头青。

转眼间，自己站在中年人的行列。晃晃悠悠。

和朋友交流，他也常有无力之感。过去，我们常常喝酒，指点那些德不配位的宵小，为一些无聊的事情争辩几句。现在，我们要么浅尝辄止，要么干脆禁酒，也不再为一些小事争吵。席间说着说着，就没有话了，沉默片刻，感觉也很好。这个时候，你也不难理解那个雪夜乘兴而来兴尽而归的王子猷（王羲之的第五子）的心迹。

《世说新语》中，王子猷是一个很奇特的人物，其怪异的行为总能引起读者好奇，风头盖过大名鼎鼎的父亲王羲之和七弟王献之。

据说王子猷后来官至黄门侍郎，侍奉皇帝左右，干得好就可以升任宰相。可是，没多久就辞去职务，退居山阴。某夜大雪。“眠觉，开室，命酌酒。四望皎然，因起彷徨，咏左思招隐诗。忽忆戴安道，时戴在剡，既便夜乘小船就之。经宿方至，造门不前而返。人问其故，王曰：吾本乘兴而行，尽兴而返，何必见戴。”

戴安道，东晋著名美术家、雕塑家，善鼓琴，工人物、山水。他也是一个硬茬，坚拒太宰武陵王召其鼓琴之命，孝武帝时累征不就。这样一个怪人，很对王子猷的胃口。

但王子猷站在门口，不见老友。突然萌发的退意，一定是阅尽人世繁华后的率真表现，不需要刻意，不需要隐藏。朋友之间，更不需要把自己包裹得严严实实。

疫情期间，你看着那么多人因一些话题而退群、割席，你看到有的人，气势凌人地侮辱别人的良知、践踏着世间的常识，你也克制着，拉黑着。如今你抱定的原则，不再是你死我活，黑白分明，但你还是不想稀里糊涂、得过且过。微信朋友圈的主，你还是可以做的。小人物也有自己的城堡。

没有什么完美无憾的人生、健康无损的皮囊，任凭权力多大都无法保证。为了健康，我连续一年多禁酒。起因是一次酒后，浑身的气味连散三天，“得罪”家人，因而我自知身体机能衰退了。这是一个悲催的中年人啊。看着朋友圈一个个酒风浩荡的兄弟纵情欢乐，我自惭形秽。

因看手机，眼睛朦胧了多年，也干涩异常。你必须接受器官被损伤的事实，这是自然规律，譬如你年轻时必须乘着荷尔蒙过剩的大风亢奋生活。

你要踏实地过好眼前的生活——珍惜不多的友情，顾念家人的牵挂，留意未来的筹划。不用虚伪，不用委屈。既然已经昂首挺胸地蹚过半生，那就精神抖擞地踏入下半生吧。

不确定的期待

这是一个传奇的家族。

朋友的曾祖父收养了一名流浪儿童，历经百般艰辛养育他。养子长大成人后，生育两子。一个如枯叶般随风零落于异地的人，可以想见他的生息之路是何等艰辛。从小备受当地土著欺凌的两个孙子长大成人后，相约不在村庄终老。

朋友十岁后就到外地读书，对所谓的故乡，没有亲近之情。偶然回乡，祭奠曾祖和祖父，碰见了乡邻，也是四眼相对，漠然错过。“熟悉的长辈也许过世了，青壮的从没见过面。”

他动过寻找曾祖父生养之地的心思，也曾去过那个传说中的苗族村寨。但从何而问呢？一个陌生的愣头小伙，无头无脑地打听着村里一个远走的孩子，村民的敌意或明或暗地袭来。“当地语言，我也听不懂。”没有勇气的朋友一无所获地败走。

这是他第一次寻根，血缘之根。

大学毕业后，朋友因工作变动，足迹遍布长沙、武汉、北京、东莞，之后又回到长沙。兜兜转转，也因做生意失败，散尽了当年积累的家产。

“都是命啊。”他向我讲述自己的家族史后长叹一声。我和他相识20多年了，第一次见面，是在他的宿舍。其时他方正的头颅，深邃的眼神，清奇的骨骼，给我留下了很深的印象。看了他写的小说，奇异的叙述让我大开眼界。

“那个和你没有血缘关系的曾祖父，就给你家族打下了漂泊的印记。”我第一次听到这样神奇的家族故事，兴奋地解析着。说这话的时候，我和他正一同驾车去邵阳乡下参加一个葬礼。耳闻和目击当地繁复的送葬礼仪、复杂的人际关系，我们谈起了各自家族的过去和现在。我虽然对乡村的野蛮、势利早有体会，但听到他对故乡的那般冷漠，还是有点出乎意料。但我理解一个敌意丛生的生存环境对一个寡言的乡村少年的绝对影响。那种心理阴影，不会轻易随着时光而消散。

这是没有办法逃避的宿命。一个来自外地的杀人逃犯，就这样接管了一个走投无路的少年，于是也开始演绎一个个关于漂泊的命运。对于祖父而言，被收留之地，本不是生养之地；对于父辈，安全感丧失的生养之地，亦如监狱；对于朋友自身而言，没有父母留恋的地方，就不会生出温暖的乡情。“虽然我有时想那也是我的故乡，但故乡和我生来隔膜。”朋友说他的伯父现也在外地工作，父亲多年前已被他接到另外一个地方生活。

他的爷爷在生前就给自己找好了棺材——一根原木掏成的卧身之地。“如同树葬。”朋友说。

关于父亲最后是否落叶归根，他说他还没想到这层。他现在对自己的命运感到惊叹——漂泊成了家族的宿命。

“这是一个想掌握命运，而最终逃不过命运的家族故事。”我试图破解其中的奥妙，给出我的理解。朋友说他很早就想写一部小说，但几次落笔，都不甚满意。

朋友也许血液里流淌着少数民族的刚硬基因，虽然生活颠沛流离，也只感叹而已。如果是我，或许早就抑郁了，或者失去向他人讲述的勇气。

但想想，我等因读书走进城市的乡村之子，哪一个不是在城市中漂泊？为了一个好的前程，有人不择手段，有人瞻前顾后；有人忍气吞声，有人桀骜不驯；有人闷声发财，有人始终为温饱担忧。“我们选择一个存在方式，就必须接受这种生活状态。”我和他很自然地聊着这些闷在心头的话。多少年来，我们如迷失的孤独猎人，在城市的森林里，追赶着猎物，也被猎物追赶。某一日，在一个无名的交叉路口，我们相遇了，依着树身，相互敞开心扉。

因为出身，你比其他同龄人，多了疑惑，多了奔波，多了追问。多年以后，人生的问号，并没有变成感叹号或句号，而是意味无穷的省略号。先是恼怒，继而叹息，之后莞尔，人生的省略号，不就是暗示生命的不确定性吗？不确定的期待，才值得我们用尽一生的气力啊。

你不是一个人在漂泊，朋友。这不仅仅是你的恓惶，不仅仅是你的命数，走过追问的一生，是我们的共同的选择。对了，还只有半生，在另外半生中，你值得与自己的生活握手言和，坦然接受漂泊的馈赠。

乡见·永恒的隔膜与眷恋

◇期待长大的少年，曾不回头地越过山河，走向辽阔。但无法走出故乡柔软和深情的叮嘱。所有的怀念，仿佛祭奠。

有水的陪伴，少年的梦是彩色的

四月是小麦疯长的季节。丰沛的雨水，滋润了大地。山头与河畔，绿树、青草蓬勃。清澈的河水奔走有力，完全不似印象中的孱弱纤细。家乡农耕，基本靠手，农事盈亏，倚仗老天。记忆中的家乡，春季容易干旱，河水经常断流，不过家庭用水尚足。老天的眷顾，与多年前实施的退耕还林有一定的因果关系。

家乡的河水最后归流长江。据说，下游曾有种植水稻的经历。我喜欢水，温润，灵秀，灌溉万物而不自恃。毕业后最终安家湖南，与这里水系发达、南人北性的地理文化有莫大的关系。

在家乡，家门口的主要河流，是一条傍山的河。汇集各个小山头的溪流，流至家门口时，身躯已庞大，河道宽处足有十米。这在湖南、广东等多水之地，算不了什么，但它在家乡，却是大河，是一条恐惧之河。少时，每次秋夏都有洪水决堤的事发生。上游有房子被冲垮，木料随水而下，河道的水有十米多深，村里会有大胆的人站在河边打捞。我亲眼见过，一头肚子肿胀的黄牛随水而来；有村民讲，上游有人被淹死过。记忆中最大的一次洪水，居然漫进距离河堤有四百米远的村庄。而这四百米宽的平地，是村庄最好的田土。洪水漫过，泥沙修改了地貌。村里老人说，平地中间是老河道。解放后，由于整理土地，大片的坟地包括河道都被迁移或平整。“河水看来没错，它是回家，不是故意冒犯。”有朋友如此调侃。

大多数夏天，河水是温顺的，甚至是孱弱的，流水不过膝。这个时节，那里也是我们少年的天堂。暑假时，我们会结伴来到河边，用石块拦截河水，把裤管扎住，浸水，拧干，裤口迎风入水，裤管装满空气，鼓鼓囊囊。我们就骑在裤子分叉处，咋咋呼呼地开进深水处，可以漂浮一阵。

长大一些后，我们学着找鱼。拿根两米长的铁丝，见鱼就抽。一下不中，就蹦蹦跳跳地踩水追赶，疯狂抽打。磕磕绊绊走五公里长的水道，才抽到20多条大拇指粗的小鱼。尽管成绩黯淡，但仍兴奋不已。用细绳串着，回家油炸。

小学五年级时，我跟着大同学，见识过雷管炸鱼。装着雷管的啤酒瓶扔进深水，一声闷响，过一会儿，大大小小的鱼浮上水面，转眼一大片。必须赶紧捞，否则被震晕的鱼会苏醒过来，转瞬即逝。这片深水，经常有乌龟爬出，在河边巨石上晒龟壳。但一听见脚步声，就急速地跳入水中。那种灵敏，让我等无法靠近。不过我经常听说有人手持铁耙蹑手蹑脚地围上前去，居然收获颇丰，令我非常羡慕。

上高中之前，这条河更多地是欢乐之河。

在水里疯玩，自然有溺毙的事情发生，因此父母严禁小孩随便下河。回家时，母亲会拿手指划胳膊，如果出现白道，则是下过水，这时少不了被呵斥一顿。夏天，河水太浅，盛不下孩子逐渐长大的欲望。小伙伴跟着大哥哥去村后的池塘玩。我只会狗刨式，不敢下水，于是经常领到给大伙看守衣服的职责。因为塘水较深，大人最怕孩子去那里游泳，所以一见大人赶来，我就赶紧抱着大家的衣服抢先逃跑。光屁股逃窜的场景，一个夏季会出现三四次。我不去游泳的另一个原因是那种水塘多蚂蟥，他们用鞋底抽打小腿的惨烈叫声，让我胆寒。

水，就这样浇灌着孩子们的欢乐。少时看电影，特别喜欢有水的情节。“莲叶荷田田，鱼戏莲叶间”，读到古诗里的江南水景，常常恍然出神。

2015年9月28日，是父亲去世后的第二个生日。大雨不断，河水汹涌。父亲长眠在河对面的山坡上。母亲打电话告诉我，哥哥和姐姐想去父亲坟头祭奠，大姐一探进河水，就差点被大水冲倒；哥哥试探了几次，河水太急，步步凶险，根本站立不稳。无奈，只好隔河烧纸。“一辈子缺钱，烧的钱也不知道收到不？”这是母亲的叹息。这条河居然以此种凶蛮的方式，提醒我们注意它的存在。

如今去父亲的坟地，不再需要蹚水过河，一座简陋的水泥桥绕过了温驯的河水。踏着这座桥，我们送走了母亲。即使河水再汹涌，也阻止不了我们对父母的思念。

河水的丰沛与干涸，与季节相关。每年四月，是故乡春意盎然的时节，冰河解冻，水流不息。河水可以用来灌溉，可以用来淘洗，亦可以连接夏季的清凉。

有水的四季流动，农事才有希望；有水的陪伴，少年的梦是彩色的、浪漫的；有水的记忆，故乡的人，眼色温柔，顾盼有神。窗外响起了稀疏的雨声，或是故乡的水乘风而来寻访思家的游子。在这无比安谧无比清爽的时刻，我安心地发觉，所有关于故乡的温暖记忆，竟然都有了水的踪影。

时间一定站在它那边

“把这棵树砍了吧。”我指着门口坪地里的一棵柿子树。它矮小干瘪，像一个终生受尽委屈的老头。周身是水泥打成的地面，它突兀地插在那里。萧瑟的秋日天空里，有十多个柿子零散地挂在枝头，那是姐姐摘柿子时的漏网之鱼。

“那不行，妈在世时，都没砍。”三姐马上提出反对意见。

如今最有发言权的兄长，轻笑了一下，没有表态。

这棵柿子树长在坪地里。每次来客想把车停好，它都是一个不小的障碍。

一

这棵柿子树是父亲亲手栽下的。它脚下的土地，本是我家的田土。为了拓宽家门口的道路，父亲一车一车地拉土，垫高了将近两米，终于与路面齐平。父亲在这

块垫高的田地里，挖了水井，种了蔬菜，栽了杏树、核桃树、柿子树，也填进了他多年的积蓄。

这棵柿子树，树龄不长，却显得老态龙钟。

那几年，是父亲广植果木的日子。之前，虽然核桃和柿子是秦岭里最寻常的东西，但我家没有。记忆中叔叔家也没有核桃树和柿子树。整个家族里，门前和屋后，仅有的两棵柿子树归爷爷所有。

故乡的柿子品类多啊。可以用柴火烤着吃的烧柿，吱吱冒着热气，外焦内甜，那是童年难得的美味；个头不大的火晶柿子，熟透后色红耀眼，晶莹透亮如水晶。吃时，摘掉柿子屁股的蒂，撮着嘴，对着柿蒂脱后留下的小洞，轻轻一吸，皮内果肉一荡而空，壳却完好无损。吹圆，柿子如复生。爷爷屋后的柿子叫牛心，成熟发软后，有一种绵软的甘甜，类似红薯蒸熟后的口感。这种柿子，在老家也不多见。还有一种块头不小的磨盘柿子，冬季温热吃，比夏日吃冰激凌过瘾——汁水丰沛，味蕾要经受一波波香甜的饱和性攻击。

秋天，是柿子的成熟季节。儿时放学，常会去山坡和边远田地——那里的柿树没人看管，可以放心地爬上树找蛋柿（那些比其他柿子软得早、呈现红色的柿子）。在树叶的遮挡下，我总是那个发现蛋柿最晚的少年。后来高中体检，辨不出书页上的蝴蝶，才知道自己是色弱，大度地原谅了当年的自己。

秋季，是制作柿饼的甜蜜季节。一个个被刮皮的柿子挂在绳子上，串成半米长，吊在屋檐下，喝着冷冽的风，吃着暖和的阳光，慢慢阴干，最终表皮渗出柿肉的甜，如深秋的白霜。

父亲种这些树木之前，这一切都是别人家的事。

门口有两棵柿子树，一棵长在菜园之外。兄长硬化门前道路时，这棵柿子树成了碍事的东西。但那时柿子树已经开始结果，不好移；那时父亲健在，大家知道那是父亲的心血，于是就留下柿子树。水泥路面和树身之间，特意垫了一圈橡胶。有了缝隙，雨水可以大方地流进土里。

二

柿子树像可恶的教练，一次次地刁难着每一个前来停车的人。即使车偶有磕碰，也没有人会怪罪柿子树，顶多在心里暗骂自己倒霉。

兄长和姐夫像保护文物一样保护着这棵柿子树，父亲看在眼里。他一定满意。

繁多的柿子压弯了枝条，过路的拖拉机稍微装高货物就会碰到树枝。父亲很大气地砍掉了那些碍事的枝条。

两棵柿子树的累累硕果，寄托了母亲秋天的热望。

母亲开心啊，她终于可以自由安排这些柿子的去处。哪些要做柿饼；哪些要挂起来等着做冬日的零食；哪些要放进锅里，用温水暖熟，母亲都一样样地规划着。习惯了大半辈子没有柿子树的光景，母亲对柿子的年年丰收倒有点慌手慌脚。

不过，这个时候，我和我的姐姐们早已过了对柿子钟情的年龄。

母亲一个人珍爱着这些东西。每次我回长沙，这些柿饼的一部分都要被母亲押送进我的行李箱。

说实在的，母亲做柿饼的手艺一般，柿饼一副抱歉的样子。不过我不歧视它们。

父亲老了，这棵围在水泥板中间的柿子树，也像被时光锁住，过早地干枯，仿佛停止长高长粗。

兄长说，每次回家，看到父亲和母亲端坐在大门口的石头上，心里很不是滋味。我想，如果是冬季，有门口不远处这棵柿子树的映衬，会让人更加惆怅。

柿子树陪父母老了。老了，不妨碍它果实繁盛。父亲过世的那年，柿子格外繁多。

三

前几年，母亲到长沙小住。一有机会，她就给我念叨家里果木的事情——那棵杏树结了多少果最后熟了几个，那棵李子树被多少学生偷过，那棵核桃树的果实虽不大但味道不错。

母亲人在长沙，随时牵挂千里之外的果木。

三姐打电话告诉我：“妈太稀罕这些东西，她自己吃不了多少，还担心别人惦记。”

我说：“你要有时间，就多去照看下那些果木。”三姐的家，距离我老家很近。我担心的是，枝头少了太多的果实，让回家的母亲看到了，她会特别难过的。

母亲唯一放心的是那棵水泥路上的柿子树。挂在树上的柿子，除了蛋柿，都是涩的，没人会偷。

一次回老家，母亲念叨着：天气怪了，核桃树结果少，柿子树结果少。

说着说着，她从一个房间拿出一袋核桃，让我带回长沙。

说好给我吃的柿饼，她找了半天，也没找到。母亲忘记放哪里了。

母亲坐在沙发上，拍着膝盖，埋怨着自己。

2022年上半年，我回老家，母亲的记忆力大退，她已经忘记给我找柿饼吃了。在家期间，只要我忙着菜地的活，她就开心。她站在菜地边，指着门口柿子树说：“今年的柿子繁着呢。”眼里闪着喜悦。

2022年11月，我站在这棵柿子树下，北风凉薄地吹着，十几颗光秃秃的柿子垂在枝头，十几颗干瘪的核桃挂在枝头。再也没人跟我夸她的柿子核桃了。

送走了父亲，送走了母亲，这棵柿子树还是那样老巴巴地站着。

临行前，我久久地与它对视。它会看着我变老。

时间一定站在它那边。我愿它老而康健。

它在，故乡在。

累累秋果，就那么黄着，红着

深秋到，飞叶黄。想起家乡明媚的深秋，触目可见的累累柿子。

老家商洛位于秦岭南麓谷地，历史上曾有上洛、商州等称谓。《史记·殷本纪》载："契长而佐禹治水有功……封于商，赐姓子氏。"西晋学者皇甫谧在《帝王世纪》中写道："商卨（契）始封于商，在《禹贡》太华之阳，今上洛，商是也。"唐朝地理名著《括地志》云："商州东八十里商洛县，本商邑，古之商国，帝喾之子契所封也。"秦孝公后因卫鞅破魏有功，将卫鞅分封于此，故称其为"商君""商鞅"。

春秋战国时期，作为秦国南疆的门户，它是秦楚两大国国事往来的必经之地。一条贯穿商州、沟通南北的交通要道，史称"商於（於，读wū）古道"，最初是秦国为运送战争所需物资而开辟的一条通道。它的北端，是连接长安的蓝关。韩愈被贬南下时写过"云横秦岭家何在，雪拥蓝关马不前"，彼"蓝关"便是此蓝关。它的南线，通过武关，连接南中国。武关，与函谷关、萧关、大散关成为“秦之四塞”。刘邦入武关定关中，郭子仪于武关招亡卒使吐蕃夜遁，黄巢出武关转战中原，李自成囤兵商洛后出武关而进军北京。秦朝时它被唤作“武关道”，到了唐代，被称为“商山道”或“商州道”。

“我有商山君未见，清泉白石在胸间。”晚年寄居洛阳的白居易曾写下如此怀想商州的诗句。这是一条名利路，亦是一条悲伤道。唐代诗人、官员，或上京赶考，或职务调迁，或贬谪江南，莫不从此路过。有心人统计，仅唐一代，往来奔波于商於古道上的诗人就有二百余人。有的往返多次，白居易“七年三往复”，元稹“七度武关”，张九龄“四过商州”。他们为商州留下的诗篇更是璀璨夺目，温庭筠的“鸡声茅店月，人迹板桥霜”；孟郊的“一身绕千山，远作行路人”；杜牧的“云光岚彩四面合，柔柔垂柳十余家”，不胜枚举。在陇海线和京广线未修通之前，商於古道，从来是商旅人士南上北下的首选之路。

家门前的河水流向丹江，而后汉水，而后长江，故在自然地理水文上应属南方；自秦以降，商洛地区大部时间又归陕西统辖，所以在人文地理上，确系北方。整体而言，家乡的作物和方言、习俗，少了南方的灵秀，多的是北方的粗野和不修边幅。有意思的是，和我老家相邻的一个县——洛南，是陕南唯一属黄河流域的县份，其境内主要河流洛河，最后流入黄河。

洛南也是一个神奇之地。传说文圣仓颉受兽蹄鸟迹的启发，在洛南造了28个象形文字。《陕西金石志》《淳化阁帖》记载，28个字释文为："戊、己、甲、乙、居、首、共、友、所、止、列、世、式、气、光、明、左、互、从、家、受、赤、水、尊、戈、干、斧、芾。"

文字的创造，象征着人类的开化，预示着文明的传承。难怪传说仓颉造字后，造化不能藏其密，故"天雨粟"；灵怪不能遁其形，故"鬼夜哭"。2014年12月3日，商洛市洛南县和渭南市白水县联合申报的《仓颉传说》被列入国家级非物质文化遗产名录。

故乡这种过渡地带的尴尬处境，有点类似欧洲的西班牙，靠近法国的地区天主教文化强盛，而靠近北非的，则伊斯兰文化活跃。北部的商洛山地，更陕西一些，语言粗硬，当地百姓喜听秦腔；而近南的山地，近壤湖北，言语绵软些，当地百姓则喜好花鼓戏。

山地多产核桃和柿子。如果说深秋的南方，兴盛的是橘子，而十月的老家，柿树一统天下。门前屋后，坎沟坡崖，都能见到柿树的身影。柿子品种繁多，口味各异，有的适于用炉火烧烤，有的便于温水煮熟，有的可以长久储藏，有的做柿饼最好。

一过国庆，一阵凉风急吹，一夜之间，柿叶泛黄，之后离枝飘落。少了树叶的遮挡，柿子由绿而黄，裸露一片，喧闹枝头。庭院的小柿树，门前和浅坡上的老柿树，果实繁多，让空气中充满甜腻的味道。那时写作文，常用的语句是“枝头挂满了小灯笼”。柿子非红，整体呈现亮黄与浅红，用“灯笼”描述，过于笼统，充满中国式虚夸与不细致。

小时放下午课回家最快乐的事，就是爬树找枝头红透了的柿子。我至今佩服那些于万千黄彤彤的柿子中，精准地认出红柿子的玩伴。听见小伙伴欢快地喊“又发现一个”，我的心底就悲惨地咯噔一声：天，我为什么找不到呢！

那时一直认为是自己蠢，黄红柿子辨认不出，那种自卑容易化为对他人的盲目崇拜。最近一次国庆假期回老家，小外甥很轻松地给我敲下门前树上的熟柿子，居然又让我仰慕了他几分钟。尽管长大点我知道，我的“低能”是色弱造成的，但幼时的自卑之种已埋下，轻易断不了根。至今我仍能清晰记得高考前体检时那位女医生同情的声音：“哦，你们那水土有问题，色弱的多。”让我纳闷的是，家里的兄长和姐姐怎么没这个毛病？

柿子被秋霜盖过，我们那叫吃霜，这种毛茸茸的霜，包裹着大地上一切裸露的东西，给成熟的东西施予魔法，让味道更持久。这时的柿子更甜。柿子除放软了能吃，硬的也有办法下口。办法如下：晚7点多，将挑选好的没有瑕疵的硬柿子放进大锅中，半开的温水正好淹没柿子。不用再加柴烧水，盖好锅盖，次日6点多，掀开锅盖，随手捏个，都能入口，如同咬苹果，咔嚓咔嚓，香甜爽口。

吃过秋霜的柿子可以摘了。深秋，树叶落尽，累累柿子占尽枝头，抬头望去，辉煌得有点晃眼。柿树有的长得高大，要摘下枝头的柿子，需要用夹杆。所谓夹杆，就是一根长而轻的木条（一般是长竹），其一头的横截面居中有一个10厘米凹槽。用夹杆去戳柿子屁股后的枝条，枝条很容易就钻进夹杆的凹槽。坐在树杈上，这头轻轻一转夹杆，那头的枝条清脆地折断，一团柿子就被轻轻取下。

柿子成熟的时节，也是萝卜可以生吃的日子。记得那时有种屁股大身子短的萝卜，估计产量不大，所以种植的人家不多。但它偏偏水多味甜，所以成了我们学生偷猎的对象。像我这类家教森严、胆子又小的人是吃不到的。吃了萝卜又吃柿子，是大忌。家人说，这样会闹肚子，胃里难受。

采摘下的柿子，有的被挂在屋檐下，一点点变软，慢慢地被吃掉。有的被刮掉皮，用绳子串起来，挂在通风处，等到表面渗出如冬霜一样毛茸茸的白灰，就成了柿饼。很奇怪，同样的柿子，有的人做的柿饼黑咕隆咚，有的人做的白如绒球。这些白绒，小心地用舌尖舔一下，甘甜如水沁润，顷刻滑过舌头，直达喉部。有的不良商家，为了将自家的柿饼卖个好价钱，就用面粉撒饼，滥竽充数。

冬天暖阳，母亲把收藏起来的柿子放进温水里，十分钟后就可以吃了。一般人是小心地剥皮，一点点吃下；我则是咬破一个小洞，一通吸吮，软软香甜的汁水就全跑进胃里，手中就留个软塌塌的空皮。

在十多年前，柿子是金贵之物，除了做柿饼卖掉外，还可以做柿子醋，自用或售卖。如今，柿子即使挂满枝头，也很少见学生去敲打。母亲说，好吃的多了，没人稀罕了。

家门口两棵柿树，竞赛似地结果，可惜，当年种树的人已经远离尘世，正值嘴馋年纪的人远隔千里，而看守它们的人，再也没有享用它们的好胃口。这些累累秋果，就那么黄着，红着，一季又一季。

玉壶光转，一夜绚烂

鞭炮连绵不绝，五彩的焰火绚烂夜空。在老家过元宵节，一直是少时过年最快乐的事情。

在记忆中，初一放鞭炮，十五看焰火，几乎是我们老家约定俗成的规矩。初一看完春晚放鞭炮、早上逡巡找炮（翻捡未响的鞭炮）；十五挑灯上坟（祭祀祖先），聚众看焰火，都是我们那时的少年过年最喜欢干的事情。小学时期，我唯一一篇被老师当范文讲读的作文，就是关于元宵节的。

元宵节也没忘给一个少年留下肉体印记——一个炸飞的鞭炮刮破了我的脸颊，至今疤痕仍醒目地悬在左眼下方。

过年的幸福，于少时的我，更多是这些玩乐。年味，就是硝烟味。

在老家过元宵节，几乎都是上大学以前的事情（大学开学早）。下午四点多，早早吃完饭，就开始做上坟前的准备工作。一般是兄长将纸币放在买来的一叠黄纸

（专门用来烧给过世的人的纸）上，用一个木板压着，再用一个棒槌或其他重物击打，反复动作，直到黄纸上布满票痕。一般这时兄长会对身边的奶奶开玩笑：“用新钱打的，我手重，都印上去了。”爷爷去世早，奶奶说爷爷给她托梦，总缺钱花。给去世的人烧黄纸，就是等于送冥币。这时奶奶也会满意地夸奖她长孙几句。

奶奶不像刻板的父亲，口才也非一般女流，我们孙辈很喜欢和她开玩笑。

关于上坟，我和兄长、父亲一般有分工。坟在山坡上的，我去；平地的，兄长去；不用跑远路的，父亲去。当然几个重点的家族近亲，譬如父亲的爷爷和奶奶，大家都要去。家族女辈，是被剥夺上坟资格的。

上坟的时刻到了，跑远路的先出发。我一般提个篮子，装上一些黄纸、香、小蜡烛和鞭炮，和领队的一个年轻堂叔出发。年龄更小的孩子，也图热闹，非要挑个小灯笼跟着去。于是十多人的队伍在吵吵嚷嚷中向山里走去。记得一个做生意的堂叔，他是孩子王，最有趣。每次给祖先烧纸、磕头，他都“要求”祖先保佑他：“发财了，我带录音机给你上坟。”

老家地处一个谷地，四处环绕的是不高的群山，等到晚上8点，放眼望去，燃亮的小蜡烛，仿佛碎落的星星撒满山坡；清脆的鞭炮声、怪叫的烟火声，撕破了乡野的宁静。这天，仿佛大家的嗓门都大了，到处能听到嘈杂的人声。

等到几路人马汇合，立赴大家都觉得血缘很近的祖先的坟前去。“独乐乐不如众乐乐。”在这里更热闹地PK，每家都拿出一些“尖端”焰火，持续燃放。

最后上的坟距离村庄很近，有人手持烟火筒点着，老长时间不见冒烟，以为灭了，烟火筒的头垂了下来，结果烟火突然发力，几颗照明弹就冒失地飞进附近人家的大堂里。于是嘲笑的、呵斥的，各种声音又猛烈地爆发。

热闹完，回家，母亲一般都在敬神。在屋里的柜子上、窗台上、门口两边，小红蜡烛已经点亮，姐姐已煮好元宵，等着我们父子。

简单吃完，听着兄长的吩咐，我飞快地搬出椅子，拿出剩余的各类烟火，准备在院子里燃放。

放完烟花，远处山窝和野地的烛光黯淡了，该看灯笼了。各种制式的花灯被大人小孩挑着，从各个村庄鱼贯而出，如一条条亮晶晶的火龙。“火龙”缓慢地游到乡政府所在的街道。路边早站满了看热闹的大人和小孩。赛花灯的时间到了。

各村的灯笼在旱船的剧烈摇摆下隆重亮相。哪个村灯笼造型漂亮，似乎总能一目了然。公鸡、小猪、小狗等各类动物模样的灯笼总能让围观的小孩子兴奋得大叫。

最快乐时，也是我最伤感的时刻。我知道，明天，就没有鞭炮；明天，就没有灯笼；明天就不再能心安理得地撒野。那时，我希望焰火能长长地燃放下去，永远璀璨，永不寂灭。

上了大学，再也没有机会在家过元宵节了。工作后的一次跳槽，我终于找到了借口，在家里过了正月十五。那天我又一次成了我家上坟的主力——去上远坟。身边蹦跶着更小的堂弟，堂侄。那个做生意的堂叔，早就被其子替代。我学着过去那样在山坡上疯狂地从一个坟地蹿到另一个坟地，喝着寒风，很舒服。

那次，不小心炸响的鞭炮点燃了荒草。我带着小家伙们，拼命扑打迎风猛蹿的火龙。筋疲力尽，无可奈何地看着火龙跑远。幸亏，那里没有树林。

那是2004年的记忆。多年来，我一直心心念念着家乡的元宵节。除了快乐，还有心病。在火车长鸣而过的山腰，有我的牵挂。寡言的爷爷、巧舌的奶奶和如暴君的父亲都长眠于此。父亲去世了，我还没有在元宵节看望过他，实在是一个难言的心结。

2018年的元宵节，我终于决定回乡。这次，我要履行自己的义务，祭拜我的亲人。多年来，都是年长我12岁的兄长爬山上坟。我工作在外，兄长事事操心，亲力亲为。作为小弟，总是内疚，却不知如何表示歉意。似乎欠债太多，无从说起；也似乎觉得过于客套，显得矫情。但这次，我不再想留下遗憾。

偶尔梦起，仍是他那挑剔的呵斥、严苛的神情

清明时，有青青无边的麦田，有旷野处不时炸响的鞭炮声，还有，上课迟到后的冠冕堂皇和大摇大摆。

清明，在老家，和正月十五一样，需要出门上坟孝敬祖先：用最精细的面粉做最白的面条和有造型的馒头祭在坟前，白纸或灰纸剪成互相扯连的细纸带散挂坟头墓后。春风浩荡，放眼望去，田野、山头，白色纸带星星点点。那时你会惊惧，这里曾繁衍过那么多先辈，他们大多不声不响地走来，不声不响地离去。如果没有家谱，我们不曾知道我们的曾祖叫什么名字。名字，让肉体获得独立和自由；名字，也让生死多了记忆的温度。

面条煮熟，放入凉开水，捞入碗中，放点葱花、辣椒和醋，孝敬祖先坟头。为什么清明节要供奉凉面？大人讲，由于清明与寒食的日子接近，而寒食是民间禁火扫墓的日子，渐渐地，寒食与清明就合二为一了，而寒食既成为清明的别称，也变成清明时节的一个习俗，清

明之日不动烟火，只吃凉的食品。在我看来，清明，在北方是草木蓬勃生长的重要节点，意味着天气变暖，而祖先可以换下口味了。

“有儿坟上挂白纸，无儿坟上屙狗屎”“有儿坟上飘白纸，无儿坟上草树青”，一座坟头清明是否挂孝纸，成了一个家族是否后继有人、兴旺发达、父慈子孝的标志。一个坟头上“挂青”越多，说明墓主家族人丁越旺。这个讲究，似乎都是族上老人讲的。他们讲时，满脸神圣，容不得我们小孩质疑。在挂纸时，先要将生长在祖先坟墓上的野草清除，并用小石头或砖块将孝纸压在坟上，表示这个坟是有后嗣的，否则很容易被人误以为是孤坟。

我上小学时，尚未施行双休日制度。记忆中，清明节从来没碰到过星期日。那时父亲还没退休，哥哥工作在外，几个姐姐对上坟根本不感冒。家里没有大男人，可怜的母亲只好自己挑着祭品，四处在田野转着，挨个上坟。我对上坟路线了然于胸，放学回家，站在门口，手搭凉棚，四下搜索，就知道母亲的大致位置。实在不行，就喊两嗓子。追上去，一个准。我会麻利地帮母亲将凉面与馒头摆上，又熟练地扯出一些孝纸，分散于坟的四周。插香，点鞭炮。祭祀毕，人虽离场，但孝纸仍挂在坟头，风在吹，纸在飘。青草蔓延的坟头与绿意盎然的田野，被白纸点染。若是碰上和暖的晴日，淡雅的草香随风摇漾在天地之间，沁人心脾。

从一个个长辈的坟头走过，回到家，已到上课时间。那时可能是家乡教育水平整体不高，我一般是在上午最后一堂课上偷偷地完成当天的作业，放学后我照例跑步。

一圈跑下来，也饿了。母亲就将给祖先献祭过的凉面给我吃。面粉是最好的，手工是最巧的，油辣椒是红亮的，好吃。两大碗呼呼下肚，我才慢悠悠上路。完全不用害怕迟到，因为老师也是当地人，中午也要上坟，路上说不定能碰上他们呢。

现在想来，清明，是与蓬勃大自然亲近的最好的节日。对孩子来说，清明是春节的余绪，清明是一年中“合法”响鞭炮的机会。（那时除了红白喜事，一般情况，只有过年和清明可堂皇地响鞭炮。）过了清明，鞭炮和过年的喜乐，算是彻底走了。伤心中有些最后疯狂的味道，也许，百般情绪里也夹杂着长大成人的愿望。那时父亲还没有退休，看到瘦小的母亲忙东忙西，我心有触动，想着自己终于能帮母亲干点事了。

如今，父亲已走十多年了。因距离原因，未能在清明节给父亲坟头添一抔新土，挂一缕孝纸。也许这就是所有游子共同的心痛。尽管失去父亲如同天塌一角，但不得不坦白，自己未能真正理解父亲的一生。偶尔梦起，仍是他那挑剔的呵斥、严肃的神情。我尝试修补父亲的历史，但在众多亲人嘴里，竟然零碎不堪。这个为家族牺牲最多的男人，就以这样的形象完成人生的谢幕。而我接过父亲的角色，育子养家，待人接物，一样亲善不足、严肃有余，那容易情绪化的处事方式，明显有父亲的遗痕。这种既想摆脱，又无法摆脱的痛苦，外人无法体会。

我在想，如果我百年了，是否也是以一个残缺的父亲形象离开亲人？孩子在清明扫墓时，会怎么想起自己的父亲？

在浏阳河上的鼓声里，遥闻温庭筠的槲叶香

浏阳河里的鼓声又响了。闭上眼睛，你能想象一条细舟上，十几个光膀子的汉子在奋力划桨。一天傍晚，带着女儿去浏阳河边散步，龙舟从远而近，她站在桥上，居高临下，好奇地指着灯光晦暗的河面，记着划桨的人。鼓声连绵，像给傍晚敲背。每个在河边走的人，免费享受着夜的舒坦。

端午节来了。可以想象此刻千里之外的母亲，和嫂子、姐姐一起，蒸了满满几筐的粽子。

小时候，在端午来临的前几周，妈妈和姐姐就要张罗包粽子的叶子。老家一般用芦苇的中下端的叶子，阔大、平展者为上品。那时，我常常跟在姐姐身后，发现一片没被人摘掉的大叶子，就要开心地尖叫一声，小心地采下。摘下的叶子要放在大锅里煮洗一遍，如此，叶子才会舒展，柔韧性更好，包时也不容易被叶子的边锋划破手，包出的粽子煮熟后清香幽远。

那时似乎每个村庄都有一片芦苇。芦苇喜欢长在湿地。成熟后的芦苇秆，砍下，刨开，可用来编席。席子是家乡晾晒粮食的最重要的工具。一根根芦苇秆一经篾匠的手，就驯服地一破为三，轻巧流畅。小时，对那件握在篾匠手中破杆的小小工具，极度崇拜。

芦苇地有限。一到端午节，妇女们早早就把村边的芦苇叶摘光了。不少人家包粽子也用槲树的叶子。它是椭圆形的，边缘有波状的齿。母亲一般是从集市上买到。包粽子前，槲叶要先放锅里煮一下，这样就变得柔韧。它包出的粽子，气味醇厚质朴。

这片叶子，唐代诗人温庭筠在诗作《商山早行》中提及：

晨起动征铎，客行悲故乡。

鸡声茅店月，人迹板桥霜。

槲叶落山路，枳花明驿墙。

因思杜陵梦，凫雁满回塘。

槲叶，冬天枯而不落，春天树枝发芽时才落。网上一查，这种植物居然多见于老家陕西商洛。

公元859年，48岁的温庭筠自长安赴湖北随县途中，路经陕西商州（今商洛）。自周代到唐代，长安是中国的政治中心，北上求仕和南下贬谪的，或者做生意的，大都要翻越秦岭，必经商州。那条叫“商於古道”（秦汉时被称作“武关道”，唐时被称为“商山道”或

“商州道”）的路上，人来人往，对功名的渴望、人世的悲欢在一代代诗人的笔下化作商於古道上的马蹄声，伴着人间的深情回荡千年。

久困科场、年近50岁又为生计所迫的温庭筠，奔波在落满大片槲叶的山路上，心情不是很好。

诗家不幸，读者幸。他留下的“鸡声茅店月，人迹板桥霜”，以瘦寒、寂寥的意象渲染了诗人奔波异乡时彻骨的孤独、浓烈的惆怅。

端午节前，槲叶成熟了，发出浓郁的香气。槲叶在树上时，质地稍坚硬。人们上山采来，阴干，就去掉了生涩气。听说，槲叶也可以饲养柞蚕，我没见过。

用槲叶包粽子，是老家商洛的一大特色。当然，我还记得大人用槲叶代替蒸笼布蒸馒头。商洛的槲叶，因为大诗人温庭筠这首诗而名动天下。

槲叶传到韩国和日本，被称为柏叶，象征吉祥如意、长命百岁。日本的儿童节，要吃“和风柏饼”（也叫槲叶糕），就是用槲树嫩叶包裹的带馅儿的和果子。

糯米做的，小米做的，每到端午节，各类粽子就热腾腾地上桌了。

母亲会将黄豆发的豆芽做成凉菜，咬起来清脆爽口，夹一大筷，就着已胖胖地躺在碗里的粽子，香香地吃着，是为咸吃。我最喜欢糯米粽子，里面烂熟的豆子或红枣已让红色蔓延开来，糯米变成了饱满红润的米肉，和着或清凉或醇厚的粽叶香气，已让人垂涎欲滴。舀一大勺白砂糖盖在粽子身上，狼吞虎咽，是为甜吃。

一次陪妻子逛超市，看到了粽子，我又独独买了糯米枣子味的粽子。

吃粽子时，看着我撒上那么多白砂糖，妻子埋怨了："那么胖了，还这样？"我抱歉地笑笑："一年就这么一次。"

网上经常有关于南北饮食差异的争论，譬如豆腐脑是放盐还是放糖。我是两个都行。但关于粽子的争论，我还是想站在"甜党"一边，绝不是打地域炮，真是改不过少时的味蕾记忆。

上大学时，有广西的同学带来肉馅的粽子，让我大吃一惊——我第一次知道世界上居然有咸粽子。皱着眉头吃完，哦，还不错。不拒绝尝试，不要把习惯的东西当成理所当然的标准，这是咀嚼咸粽子后的思考。

小时家贫，足有半斤的长方形粽子，大多是小米做的，甚至掺杂着玉米粒。为了能吃久点，母亲把粽子放进篮子里，高高地挂起，一是为了通风，防止粽子迅速变质；二是阻拦我们姐弟抓吃不停的手。

一次端午节，母亲知道我不久就要回家，在电话里她告诉我，她给我留着粽子。我笑着说："不用了，过几天我到家，粽子也变质了。"母亲说不怕，她把粽子放冰柜冻着了。回家了，母亲真的从冰柜里拿出硬邦邦的粽子。当然，都是糯米做的。我没有拒绝，当天午饭就消灭了两个。香啊，又回到望穿篮子的少时。

童年和少年，端午节是香甜的，没有江南的龙舟竞发。最甜蜜的梦想是家中装粽子的篮子永远掏不光，掏到的永远是糯米做的甜粽子。

如今，在超市或者包子铺，粽子成了长年可吃的东西。见得多了，也少了吃的欲望。也许潜意识想把那份清香那份醇厚的念想留在特殊的日子里吧。

看着龙舟，听着我讲端午节的习俗，女儿说她也要包粽子。妻子同意了，忙着打听和查询包粽子的教程。

没了采摘粽叶这个过程，便也没了期待，这也许是民俗日久寡淡的原因之一吧。

那呼呼燃烧的小火炉

我的小学和初中，分居村子的两头。小学离家近，校长敲铁管的上课铃声，清脆激越，可以在家门口听见。尽管如此，我们姐弟仍然出门很早，即使是在贪恋被窝的冬季。多年后回想，那呼气成白雾的清晨，一对姐弟踏雪缓行的咯吱声，仿佛还响在耳旁。

那时，冬季的清晨特别冷。有条件的孩子会用一个小铁桶，做成一个四周有眼的火炉。在火炉里点燃硬木材，放几块木炭，拴一根铁丝，甩开胳膊，做圆周运动。火炉迎风呼呼作响，木材熊熊燃烧。木材烧过，呛人的烟小了，木炭也红了。上课时，火炉就放在脚旁，那种因温暖而迸发的幸福，很是羡煞旁人。条件更好的孩子，则会端来烧着木炭的火盆，那样能烤热一大片，不像火炉，只能负责提升两条腿的温度。姐姐告诉我，曾经有人故意在烫人的炭灰中埋下玉米粒，上课时玉米粒受热突然爆开，腾起一股灰尘，惊慌了火盆的主人，逗笑了不嫌事大的同学。这样令人难忘的大动静，下场可想而知——火盆被老师摔出教室。门外是蒙冤罚站的学生，门内是一个个担心引火烧身的、噤若寒蝉的同学们。

冬天即使有暖阳，寒风硬硬刮过，也难受。下课后，男孩子最喜欢的是找一墙角，你挤我，他挤你，看谁能保持在队伍里。不断有人被挤出队伍，小伙伴兴奋地嗷嗷地叫着，滚落出去，又从队伍后开始挤。身子骨又疼又暖。墙角最靠里的那位疼得龇牙咧嘴，也不愿意让出位置，最英雄，也最可怜。

小学如今被拆掉了。前几年还有几间曾经的小教室，如今连操场都建了私人房屋。想缅怀那扇厚厚的、被我们刀刻笔划无数次的校门，它却早就不知所踪了。

我的初中和我家分居村子的两头。我三姐的儿子也在我的母校读初中。有一年我回家，他应诺某天晚上到我家来。那晚三姐到我家聊天，等到晚上8:00，外甥还没有回家。三姐怕儿子上网，说要去学校看看。听说母校现在模样大变，我也想去瞅瞅，于是跟随三姐前往。想当年，走惯了去学校的路，即使夜晚走路，也不会踩空。这条曲里拐弯的村中土路，穿过了上百户农家，时细时粗。

站在路旁闲聊的村民，认识的，我就主动打声招呼。对方接过我递上的香烟，或恍然大悟地说起我的名字，或者不好意思地请教我的三姐。当初认识这些叔伯辈的亲戚时，他们或是虎背熊腰的壮汉，或是中气十足的老头。20多年过去了，他们早就不记得村北那个不爱说话的少年的模样。

站在学校门口张望，没有什么熟悉的东西。听说昔日的老师，要么退休了，要么调往其他学校。月光下，篮球场上，依然是热火朝天的激烈对抗。学校的篮球，当年只能在体育课上使用。家里有篮球的同学只有一两个，课余时间被我们当大爷伺候着，他们开心了，我们就有球耍了。

时间不早了，球场上的人越来越少。出入校门的学生，好奇地看着同样好奇的我，如此陌生。也许他们的父母，和我相识，甚至是我昔日的同学。

记得那时我们习惯将书本夹在腋下走路，胳膊里的书，是当天要看的。腋下空空的，肯定是些不爱读书的学生。书是甄别“好学生”与“坏学生”的标签。

校园里已不见当初的瓦屋，全是模样整齐的楼房。外甥班上的灯灭了，有住宿生说外甥不在学校，早回家了。三姐着急了，急急地赶往街道的网吧。有熟人称外甥没有来过，只好返回。推开门，外甥出乎意料地在家看电视。

三姐说我毕业后没几年，母校出了好多尖子生，要么被商洛市重点中学招录，要么被西安市重点中学录取，最后很多考上了省内外有名的大学。母校的教学质量闻名全市，很多外乡镇的家长居然慕名送孩子过来读书。

小学和初中，驻留过我的童年和少年。那时的校园，围墙是土墙，老师就是乡邻；粉笔不只可以用来写字，也可以砸人；一只来历不明的篮球，就可以欢乐一个下午；一次爬山春游，竟能激荡出山野孩子的款款诗情。

如今，小学校园已经废弃，初中校园在陌生生长。我曾刻过名字和格言的校门与课桌，我曾感激过的启蒙老师，曾与我共享过青春记忆的同学，都似乎停留在岁月深处。只是，梦中依稀有旧时光景，那呼呼燃烧的火炉，那雪路上深深浅浅的脚印。

它是否想起年少时的狂浪？

一

那年，黄怜正拱在妈妈的腹下吃奶，突然被主人拎起耳朵，转交给身后的一个男人，我的父亲。

吃着牛奶与稀饭，黄怜毛发凌乱地长大。如果没有母子分离，妈妈会用舌头将儿子打扮得鲜亮精神。这本是一只小猫该得的幸福，奈何我家鼠患告急，它不幸地过上了母爱缺席的人生。

谁让脾气暴躁的父亲，明明可以让门前过路的顽皮小孩蹑脚而行，但对门内捣蛋的家鼠，无可奈何！

黄怜细细地“喵咪”几声，老鼠晚上不敢到地面流窜；三个月后，黄怜跳上阁楼，“喵咪”几声，老鼠白天不敢“咯吱”。

那年，我大学毕业一年多，在长沙忙碌。这些，都是母亲后来转述我的。

黄怜杀鼠无数，家里吃光，耕耘屋外。我家方圆百米，只鼠不见。

黄怜恋家，逮住只老鼠，都要拖回家，躲在粮食柜子下吃，每天柜子下留下几条老鼠尾巴。父亲打扫多了，就烦了。于是只要见黄怜叼老鼠回家，就拿扫帚赶它。

黄怜从正门口跳出，不久就从院墙跳跃而下。大餐，还是在老地方吃。

父亲与黄怜的梁子就在吃的问题上结下。

黄怜威震猫界。黄怜走过的地方，常有女猫抢着抛媚眼。

黄怜起初不怎么搭理它，奈何英雄难抵脸皮厚的美人，终于夜夜在屋顶院墙上“调情”，引人注目。

父亲很烦。见到女猫，石子就招呼上去。

十多年时间里，父亲先后抱回家三只猫，黄怜先后送走三个同胞——它们纷纷毙命于吃过毒药的死老鼠。黄怜只吃活鼠，死老鼠它从来不闻不问。所以它倔强地活着。

家里其时早已没了老鼠，父亲为了拒绝黄怜拖老鼠进屋，将先前大门下的猫洞，用木板补起。

黄怜唯一一次生死关，还是在老鼠药上。那时我正好回家探亲。

黄怜四肢瘫软地躺在地上，瞳孔的光一点点黯淡，眼屎窝在眼角，似乎有眼泪。间或它凄厉地“喵呜”一声。母亲说，早上发现它躺在屋里，是吃了中毒老鼠的症状。“现在老鼠耐药性强了，一般老鼠药杀不死它。猫可能吃了一只刚吃过鼠药的老鼠。”母亲已经抱着猫去了医生那里，给黄怜打过专门解毒的针。也许毒性太大，抱回家后，黄怜仍躺地不起。父亲都想要放弃了。现在再买只猫容易，父亲讲。

母亲说，等等，再看看。

突然黄怜猛地弹起，离地半米高，之后小幅度地蹦起，“喵呜”不停。母亲说，毒性又发作了。

我忍着泪告诉母亲：“还是给它打一针吧。”母亲可能正等我的话，不顾父亲的阻拦，抱起猫就走。中途，猫被我抱起，它浑身滚烫。它不再挣扎，顺从地耷拉着脑袋。过去它是不怎么喜欢被人抱的。

又打过一针后，奇迹出现了。黄怜体温下降，开始抬嘴吃嘴边的猫食。终于，黄怜跨过生死关。

从那以后，黄怜更恋家了。有人给它“咪”一声，它马上走过来，挨着你的脚躺下，用爪子蹭蹭裤脚，见你不反感，就顺着裤子上腿。不过，只要父亲咳嗽几声走过，黄怜就怯怯地绕远。

二

黄怜来我家第五个年头时，亲戚的猫生了，满满一窝，没卖完，父亲随便要了一只小猫。其时黄怜比较叛逆，整天在外和一群来历不明的野猫厮混，不再恋家。

春节我回老家时，这只小猫正和黄怜冷战。

母亲说，黄怜一看见小猫靠近，肥厚的爪子就扑打过去。小猫在黄怜那得不到怜爱，就不再理黄怜了。

即使寒冷的北方冬季，小猫也不找黄怜相依取暖。小猫有一次认真地钻进白天烧过的炕洞，发出一声惨叫，一瘸一拐地窜出来，尾巴被烧掉，皮毛零落。

我想，那时黄怜如果在身旁，肯定一直是冷笑着——小子，那里如果能去，还会轮到你?

黄怜真肥呀，一年没见他，像只小狗。它懒洋洋地侧躺在门前台阶上，晒着太阳。我推开大门，它只是不开心地抬起头，看了看，仿佛我是外人，打扰了它静谧的午休时光。

母亲说，黄怜现在能跑好几里远。有时她在村头（我家住村尾，村中大道长约四里），也能看到黄怜。它看见母亲，会突然楞一下，站在路旁。听到母亲召唤，扭头就跑，几下就消失在墙头屋后。

黄怜串门多了，父亲骂它是野猫。

黄怜第一次离家出走，也是父亲打的。因为它挑食，对剩饭不理不睬。

两天后，黄怜回家，脖子处有血迹，毛发粘在一起。它独自躺在院子一角，舔着皮毛。

慢慢，它离家时间长了，三天，四天，家常便饭。

也慢慢，它不再带伤回家，而是昂首挺胸，神气颇骄傲，好像在告诉父亲“我超级棒！我才不会怕你！”。

三

最近几年回家，要么是因为结婚，忙于招待亲朋；要么是在带孩子，忙里忙外。没怎么记起黄怜，似乎它不曾走进我家大门。也许我潜意识里认为，它已经走了。

2009年8月底回老家办事，在院中闲聊。一只瘦弱的黄猫懒洋洋地跳过大门门槛，旁若无人地继续走着。

儿子第一次近距离看见猫，高兴坏了，嚷着没人能听懂的话，踮着脚尖，摇晃着向黄猫扑去。我问母亲这是谁家的猫。母亲说，是黄怜呀，十岁多了。

太不像了！昔日的肥胖与威风，似乎被风刮去，只留下干瘪肚皮与黯淡皮毛。

我喊了它一声，它马上扭头，向我走来，仿佛我们彼此没有相隔这么多年，我们仍是老朋友。它卧在我脚下，不过不再自作主张地蹭我的裤脚，只是谨慎地望着我，眼神里有了时光的艰涩。

我拿肉给黄怜吃，母亲说，它牙齿掉光了。

“老了？自然掉的？”

母亲说："可能偷吃了别人家的肉，被打掉的。"

我继续问母亲："黄怜还捉老鼠吗？"

母亲说："还捉，基本上只吃一点，可能是用断齿咬的。"

专门查了资料，猫的寿命大约有12—17年，10岁以上就进入老年期。在鼠药泛滥的农村，能活到十岁，也算是奇迹。

所以，我宁愿相信黄怜的牙齿，和父亲的牙齿一样，是被时光夺去的。

没有肉吃的家猫，应该生不如死了，难怪它一副厌世的模样。拿人的年数类比，黄怜已进入花甲，需要晚辈景仰了。不晓得曾经风流快活的它，有没有儿女留下？

穿梭于暗夜的路边，遥望万虫争鸣的庄稼地，它是否想起年少时的夜夜笙歌？

漂泊·斩不断的信念

◇游走四方，我们曾那么用力地追逐生命的充盈，即使满身伤痕，满怀苍凉。疾驰，疾驰，却怎么也无法驶出故乡的袅袅炊烟。

光阴的故事，就这样被火车票一张张串联

未曾料到，生活的许多节点都与火车脱不开干系。火车不经意间改变了家人的生与死，把幸与不幸、希望与遗憾片片串联。

上大学前，没有目睹过火车。坐火车，更是一种遥不可及的奢望。父亲是铁路工，回乡探亲，必是大包小包，每次接他，都必须用架子车拉行李。“火车好有劲！”那是儿时的感叹。要是能看看这个怪兽该多好啊。可惜的是，家乡不通火车，父亲回家必须在西安火车站下车，再转长途汽车。火车，那时就只能乖乖地待在想象中。

上大学时，送外省的同学回家。第一次进站台，一声进站的口哨响起，黑压压的人，或拖儿带女，或行李如山，挣扎着上了火车后，便随车在风中呼啸向前。地下通道幽暗肮脏，各种口音此起彼伏。人群仓皇来去，像极了电影里跑空袭的场景。送完同学，居然找不到出口，于是惊慌地沿着铁轨向外走，依旧没有方向。天本来就

09
10

黑，心更黑——我惧怕被车站上的人以逃票的“罪名”抓获。最后终于有惊无险地逃出。与火车初次相遇，有点失望，坐火车，原来如此狼狈。

大学毕业，前往长沙，参加应聘考试。为省钱，用湖南籍同学的学生证买了张坐票，一路紧张，脑海里一遍遍预演着突然被验票者识破如何回应的画面。光顾着担心，连吃都忘了。20多个小时的颠簸，居然也没怎么睡。事后回想，那次列车上的人，吃吃喝喝，叽叽喳喳，一路嘴不停。他们是快活的，满火车的人都是快活的，包括饿肚子的我。因为前方，是希望与目的地。

大学毕业落脚长沙后，每年返乡，多是乘坐火车。火车的轰隆声、汽笛声，听起来格外亲切。尽管春节回乡的火车里，有人无座，只能坐进厕所，睡在座位下，怪味刺鼻，肮脏不堪。但是，我的心依旧是喜悦的。终于有一次，我可以像父亲那样，成为家人惦念的对象；我可以像父亲那样，从包里掏出送给家人的礼物。而车上林林总总的旅人，亦是我感受异乡风情、增长见识的绝佳机会。火车是丰富的，承载着鲜活的知识，隐藏着迷人的奇遇。

从西安到长沙，火车需要先过陇海线，再走京广线。在这个过程中，我可以尽情领略各色方言和售货员的推销术语：“啤酒饮料矿泉水，瓜子花生八宝粥，麻辣小吃方便面，前面麻烦把腿收一下。”那是中国硬座车厢最脍炙人口的顺口溜。当然，不同线路稍有变化。

有的是“腿收一下”，有的是“脚让一让”。这些神奇的售货员，即使过道人满为患，他们都能从容穿梭，该收的腿没一只不收，该转的车厢没一节落下。

一次在国庆节期间乘坐火车去大姐家，正值出门高峰，从长沙一直站到郑州。下车，吃口饭，换火车，又一路站到安徽宣城。郑州到宣城的火车更拥挤，如木楔子插进人的肉林，可以站着睡着，不怕倒下。我知道那时兄长也在同辆火车上，但根本不可能在人海中移步，遑论找到他。那一路拥挤和劳累，让我直接瘦了几斤。现在想来不可思议，那时居然没一点尿意。如果有，我根本不可能上厕所，只有直接尿裤子了。拥挤的火车，让我领教了中国的博大和自己作为中国人的适应限度。

老家商州终于开通了火车。从商州到长沙，比从西安出发，要节省至少8个小时。

在铁路工作的父亲退休了，在故乡一个风水上佳的坡地，找到一处修墓的平台。他想早早地占位。不与儿女商量，就找到当地最好的师傅，建成一座带着围墙、柏树葱郁的墓地。父亲满足了，常言那块地的妙处。好景不长，一条铁路线破山而来，横亘在父亲的墓地与村落之间。涵洞窄小、铁网护路，这下彻底挫了父亲的神气。一个一生服务铁路的工人，晚年最得意的抉择，就这样活生生被铁路击碎。听说修路的也有父亲老单位的人，父亲出乎意料地沉默。墓地附近，他种植的核桃树，枝繁叶茂，果实累累，然而他不再稀罕。

父亲沉默了，病恹恹的。最后，兄长提议并掏钱，另修了一处墓地。新墓地在爷爷奶奶的墓地附近。爷爷奶奶的墓地先前在谷底，也因修铁路而迁移。父亲是爷爷的长子，勇敢地跳进墓坑中，将爷爷的遗骨一根根捡起，收拾好，再放回新坟中。这种胆气至今让我们后辈钦佩。那时我没有回家，迁坟的细节，是母亲告诉我的。父亲和兄长，居然被铁路推到相同的人生际遇，各自主动承担了作为长子的责任，让我羞愧。白花去一笔钱，父亲自知难受，不过儿子的主动示孝，让他的脾气好了大半年。2013年，父亲离开了我们。这个修过坦赞铁路、脾气火爆的男人，不善玩笑却在晚年活活被铁路开了一个玩笑。每次上坟，兄长都点燃一支香烟，插在父亲的坟头。父亲一生不好酒，不打麻将，唯一嗜好就是抽烟。烟火袅袅，火车的汽笛声穿山越岭，由远而近，由近而远。

2011年4月，我南下广州工作，妻儿留在长沙，火车更是交通的首选。桌子上已散落几百张车票。我时常翻看它们，想象着一次次返乡时的急切与幸福，离家时的伤愁与寂寞。一张张车票，似乎幻化成储存记忆的碟片。而光阴的故事，就这样被火车票一张张串联。

折腾一天，还是没有活在新闻里

刚从睡梦中醒来时，哐当哐当的声音已经没了。一看窗外，火车停着。这会儿是上午七点多。“是不是快到广州了。”按照列车时刻表，K9003次是8:10到。“也许是临时停车吧。”过去这种状态见多了。

过道的窗边坐满了人，下铺的幼童还在酣睡。昨夜，他尖叫着，在母亲怀里翻腾着，间或向着说话慢悠悠的父亲吐着口水。他的母亲是一看就让人肃然起敬的女人——眉骨里透着杀气。我睡中铺，对面的中铺是个胖子，昨夜他被小孩吵醒了，欠身探头，气势汹汹，刚要向下发作，突然默不作声地躺下。

有人说，前面郴州到韶关的地方，铁路线的路基被大雨冲垮。火车不能走了，已经停了几个小时。

此时是6月9日上午。昨天上午带女儿补牙，下午本来想坐高铁去广州，但考虑到了广州也快下班了，啥事办不成，就想晚上坐普通列车，一觉到广州。过去近十年，我经常这么干，不仅是为了节省时间和金钱，最关键的是，在普通列车上能看到不一样的人生。

火车停的小站，叫白石渡。2008年，从1月10日起入侵我国南方的冰雪之灾，在1月25日集中爆发。湖南郴州白石渡，难承重负的输电塔最先倒下，高压线压在铁路接触网上，导致京广线小水铺至马田墟间的配电所跳闸断电。从1月25日18：30起，广州铁路（集团）公司湖南境内京广线供电接触网多处断电或欠压，动力强劲的电力机车无奈"趴窝"，京广线旅客列车出现大面积晚点。

有人说，这趟旅程百年难遇。在白石渡站忘了拍照，从白石渡站返回郴州站的途中，拍了一张，以示纪念。

火车上，一个高大健壮的男子帮大家回忆2008年的那场冰灾故事。没想到，我们在白石渡又碰见了京广线的停运。

中午，火车的广播一直让我们"稍安勿躁"，但没说怎么处理我们这些滞留的乘客。饭盒车推过来了。"我们都没有吃饭，现在先保障乘客有饭吃。"卖盒饭的师傅说车上食材不够了。他们的无私让我们肃然起敬，我们立刻把盒饭买光了。

会不会饿上一天呢。小推车来回三次装满盒饭，每次都没能走过我们的六号车厢。百年难遇啊，这趟旅程。

窗外的雨大起来了。15:13。听人说，广州铁路发了公告，说火车延误，K9004次停了十多个小时。K9004次和K9003次相对而开；它困在韶关，我们困在郴州。

隔壁的下铺，是一个60多岁的老头，带着2岁的孙女走亲戚。孙女很烦躁地哭着，老头耐心地哄着，最后抱她到大腿上，玩着两只老虎的游戏。那说了一辈子土话的嘴巴，勉为其难地唱着普通话儿歌，怪里怪气，惹得孙女嘿嘿地笑着。

一个极胖的女生正和一个短发的妇女聊天。短发女子着装精致，始终保持着客气的神情。胖姑娘穿着一件肥大的长袖T恤，时不时要扯下衣服，遮掩下臃肿的胸部和肚子。她大声地说着在工厂实习的趣事和怪事，短发妇女礼貌地回应，恰到好处地提示着世态的复杂。

窗边的插座变得紧俏。一个人接一个人，排队充电。我的充电宝也阵亡了，赶忙把手机的电量设置到省电模式。

又挨了儿子一口口水的父亲，轻轻地拍着孩子的屁股说："回到东莞后，再慢慢调教。"他这话是说给我听的。他说孩子在老家由奶奶带着，这次儿子快上幼儿园了，他们就把他从老家带出来。这孩子奇怪，在母亲的床铺上翻腾，但从没给母亲吐过哪怕一小口口水。

这个好脾气的父亲，大部分时间闭着眼睛，在自己的床铺上小睡。醒来一般都是儿子捣蛋所致。

穿着开裆裤的小子，理了一个锅盖头，想必是他母亲的“杰作”——参差不齐，头顶少了一小片头发，估计是头被磕破过。那小子看见我好像总关注着他，冲我嚷嚷着。我故意皱眉凶他，他开心地笑了。

19:12，火车返回郴州站。我们将被怎么处理？有人说，火车直接开回长沙；有人说，到了郴州会退票，各人自行设计行程；有人说，我们将被高铁送往广州。

我们鱼贯走出郴州火车站。身旁是彰显着岁月静好的广场舞，与比同时间住宿的大妈左冲右突。我们被人们惊奇地看着，排队走上广场外的公交汽车。几十分钟后，我们抵达郴州高铁站。我们排队入场，那个抱着孙女的爷爷，突然闪现在人群里。从他的眼神里，我看见了惊慌。

终于上了22:08出发的高铁G1305，我们要去广州。

在拥挤的车厢里，我又看见了抱着孙女的爷爷。他找不到位置，从车厢中部艰难地退出，准备去另外一个车厢。我终于找到一个空位。抬头找那爷孙俩。到处是拥挤的人头，他们消失了。

这趟高铁是从上海开来的。我身旁的小伙好奇地打听着我们的情况。“你们辛苦了。”他这么说。长这么大，第一次作为群体的一部分被人同情，有点恍惚和尴尬。

23:38，高铁到了广州南站。第一次这么晚到广州，地铁已经停运好一会儿了。随着人流走出车站，到处是等着打车的人。出租车在拼客。司机的态度轻松而放肆，如同水库泛滥后的村民，叼着烟站在浅水中，悠然地活捉着挣扎的肥鱼。

车一辆辆地走了。夜幕下，疲倦和轻微的恐惧袭来。

终于拼上一辆出租车。关上车门时，突然想起那个抱孙女的爷爷，他搭上车了吗?

奔波的一天终于结束。想想真有意思：做了20多年新闻，这下自己活在新闻里。

赶到之前预定的宾馆，打开电脑，查找新闻，但京广线停运的消息，一条都没有查出。我高兴得太早，新闻和我们没有关系。

那些明明灭灭的美好时光

自广州市地铁五号线五羊邨C出站口沿广州大道向北步行330米，5分钟可抵达一个著名的门牌号——广州大道中289号，南方报业传媒集团的所在地。

330米的那段人行道，曾是我心目中广州最美的街景——茂密的树荫笼罩在头顶，红砖铺就的路面映衬着年轻的笑脸、轻盈的裙裾和悦耳的车铃，路边卖包子、榴莲的各类小小的店铺生生灭灭。

一

2011年4月，我36岁，正逢所谓的本命年，受朋友邀请，从长沙兴冲冲地奔赴南方报业工作。事后想来，这一年的命途还是有些颠簸。当然，付出最多的还是妻子，和我一样对育儿懵懂的她要留守长沙，只身带着刚满三岁的孩子。对新生活的憧憬和对家庭的负疚，这是我的本命年难以摆脱的两重底色。

先我而在广州工作的两位朋友王飞、傅天明从火车站接了我。前者是大学朋友，后者是前同事。虽然天气火热，但友情之炽热，让我对陌生的广州，多了美好的印象。从五羊邨地铁口钻出，踏上这条通往广州大道中289号南方报业的人行道，我感到莫名的亲切：红砖路面和路旁多彩的植被花草，文艺而干净，一下扫去一个奔赴异地工作的中年男子的惶惑和忐忑。这是一条朝圣道。从五羊邨到289，330米，步行5分钟可达。但我知道，从1998年到2011年，我走了13年。

大学时，我和朋友就喜欢上了《南方周末》，曾买了四期报纸，研究它的选题和报道手法。多年后采访南方报业的舵手范以锦先生，也曾谈起这件往事，他很认真地问我："你毕业时怎么没来周末？"真谢谢范社的抬举。那时《南方周末》就是高山，毕业投简历时我根本连想都没敢想。

初来289，为了方便工作，就租住在南方报业的隔壁——五羊北小区，就紧靠这条美丽的林荫道。清晨从小区后门可以绕上这条道，沿路的店铺提供各类早餐——北方的薄饼卷土豆丝、豆浆、永远打折的蛋挞等等。

其中有一家榴莲店，听说这家店子的上个东家，是开粤菜馆的。听说是289编外食堂。不知为何，媒体人爱去的饭馆，最后好像常以倒闭收场。

这家榴莲店从2011年我到广州，一直开到现在，恐怕是这条路上林林总总的店铺中，我没有消费过的两家店子之一（另一家是卖家具的）。

这条林荫道上，除了奔波的上班族，还有推车卖货的小贩。一个卖手工绿豆糕的，一个卖饮料的，基本天天在289门口转悠，一看就是勤恳的广东本地妇女。卖饮料的骑手，办公室的女同事熟悉；而卖绿豆糕的摊贩，我不时光顾。在这条路上，我给儿子买过一个儿童玩具——铁环。小时候，如果家里的木桶坏了，箍在木桶外的铁圈，就会成为我们的玩具——将一根长铁丝制成一头带小U型的铁杆，用U型部分承接铁圈，铁杆可以推着铁圈跑，这就是所谓滚铁环。20元买的铁环，太漂亮了——一根粗铁丝焊接成一个完美的圆环，圆环上套三个小铁圈，铁杆还带个木柄。滚起来，铃铃作响。童心大发的我热情地给儿子示范了几次。铁圈没滚起来，儿子的好奇心也就没滚起来。铁环被打入冷宫，至今寂寞地躺在屋角。

这条路上，走过三个我的朋友，尹盛鹏、高振原、邓飞龙。他们一如当年那些对289深怀好感的有志青年，借口看望我而“朝圣”。尤其第一位，屡屡探访，恨不得拿走办公室所有的报刊（说真的，他是真爱纸媒啊），我也巴不得让他清理，毕竟空间有限，卫生到了该搞一下的地步。第二位朋友说我没有赶上纸媒最辉煌的时候，真话戳疼人心啊。第三位，时不时嫌弃我写的稿子不怎么深刻。我也懒得理他。

这段路上，只有一家报刊亭。主人是一对老夫妻，然而并不面善。如果他们和蔼些，估计我从他们那里买的报刊和饮料会更多。在2013年前后，这家报刊亭耀眼过。当时《人物》《财经天下》和《博客天下》创刊，国内杂志业局部癫狂。这三杂志的老板，买下了这家报刊亭一天的销售权——报刊亭铺满这三本杂志，老板仅卖它们。如此嚣张的操作，一时引发289大院的热议——示威的战火，已经怒烧到家门口。

三家杂志的老板是从289号走出的人。289没有反击，再一次证明289的特色：就个体而言，多是战斗力超群的聪明人：但机构的整体风貌，还是宽松、宽容、宽厚当道。

二

范以锦先生是南方报业首批入驻289的员工之一。在范先生的记忆中，与289隔广州大道相望的珠江新城楼盘，曾是一片水稻田地。1989年10月23日，《南方日报》创刊40周年与新址落成双喜临门，庆贺活动同时举行。范先生之后成了南方报业的掌舵者。据范先生回忆，南方日报历届编委成员都应邀回来出席了庆贺活动。

那时，289的主体建筑是一栋获得鲁班奖的大厦，包括地下室、顶层共23层，是当时全中国最高最大的报业大厦。在289，诞生了一大批各领风骚的媒体，如《南方都市报》《21世纪经济报道》《南方人物周刊》《南都周刊》《mangazine | 名牌》（我曾栖身的地方，后改名《mangazine | 精英》）。

因采访的机会，我认识了已经退休的范以锦先生。他的谦逊和智慧，给我留下了异常深刻的印象。未想到在我之后的人生岁月中，他会鼎力帮助我，关心着我的成长。几年前，我出版一本人物特写集，请已是暨南大学新闻与传播学院院长的范先生写序，他毫不推辞；近年，他又为我的新书写言辞精到的推荐。他的信任和鼓励，让我倍感高尚人格之无限价值。

289注定不是平庸之地，我见证着289无畏转型。

2016年8月18日，南方报业传媒集团289艺术园区开园暨岭南活力非遗艺术馆开馆发布会在广州举行。广州大道中289号，这个享誉业界的南方报业门牌号，在媒体融合发展的大潮中，从此被赋予了新的内涵，它不仅是新闻高地的标志，也学着成为一个展示优秀作品、提升艺术体验、孵化文创企业的平台。

于是，创意产业在南方报业的原印刷厂厂址上热热闹闹地搞起来。你知道“知道分子”是一家餐馆吗？这里众多餐馆扎堆。

一次回289办事，发现昔日289大院原获鲁班奖的主楼，开始被脚手架包围，改造的工程已经热火朝天。听说，集团为了加快由传统报业集团向智慧型文化传媒集团的跨越发展，围绕融合转型主题，对289大院进行升级改造。不但主楼被整容，大门也在重建当中。

一切新的，年轻的，都有着毫无争辩的历史优先权和领先性。这在当下是潮流。289大院也不例外。

昔年，被恒久的信念鼓舞，我从五羊邨钻出地面，热情地走向289。

多年后，再走在这条日新月异的路面上，一切都是那么熟悉，一切又都显得那么陌生。

忽然想起多年前发生在这条路上的一桩往事。一天，我快要走到289大院门口时，感觉身后的包有点异样，扭头看去，一个人正捏着我的名片包，手还没来得及缩回。我冲他淡淡地说："没钱，是名片包。"他面色冷峻地把东西还给我，一声不吭地转身走了，一副与他无关的无辜样。我居然没有产生一把揪住他不放的念头。

那是发生在智能手机刚出道的时候，之后，我再没见过那类"大方"地摸别人包包的人。他们哪里去了？

如今，我们会去哪里？但我确定的是，289的时光，已经深入骨髓。我无论去哪里，心底都会与289对标，如怀揣指南针，不会迷路。

在岳麓山上，谈真实和辜负，心生寥廓

很久没有爬岳麓山了。天朗气清的日子，朋友夫妻约我和妻子一起爬山。伏案久了，是该上山洗眼洗肺洗心了。

岳麓山，之于湖南人，既是圣地可供瞻仰，亦是公园以便游玩。一座岳麓山，半部近代史。这山不高不秀，但因那些开先河的英魂，名动中华。它就横卧在城市边，俯瞰着大学城，一半烟火，一半风雅。每天人流滚滚而来，滚滚而去。

一

山上的枫叶还是绿的，满山红遍的景色，还要等上一段时日。

约我爬山的朋友，是身边我最认可的中产形象——做着高大上的工作，收入稳居这个国家的中上。至为关键的，他是一个正直而好学的人。和他聊天，他会认真地和你讨论那些让他困惑或者他认为做得正确的事。在这个酒肉飘香的社交时代，能有一个人愿意找你分享精神层面的话题，是一件极为奢侈的事情。

譬如如何面对孩子作文中对父母的负面评价。我们都认可，好的作文的基本要求是内容的真实——真实的素材，真实的情绪，真实的想法。

但孩子作文中过多的局部真实，作为家长，该如何应对？

我的态度是，孩子要学会认识整体真实。如果仅仅看到自己不满意的，放任这种思维发展，容易走向偏执。毕竟孩子还需要和同学、老师相处，要与我们这个处处考验情商的社会周旋。

是的，我强调的是孩子的问题。“要学会看见别人的优点和对你的恩情，总惦记别人缺点和自己的不开心，心里也难以阳光起来。”

而这个朋友，他强调的是家长的自我反省，以及家长对孩子的包容。他说，如果他的孩子作文出现了这种情况，他欣赏鼓励他，会认真地看他的作文，寻找其作文的优点，比如赞扬他描写的真实、情感流露的真实。然后会开玩笑说“爸爸也不至于每件事都这么差劲吧”，请孩子有机会写写爸爸做得好的事。

现在想来，我忽视了问题的根源，照顾了家长的权威形象，把责任更多地推向了孩子。

我们从湖南师范大学的校园走向岳麓山。路旁的山坡上，南瓜的藤蔓肆意地攀爬着。

山脚下，浓绿的植被簇拥着一排排老旧的房子。老屋沐浴在秋日的柔光中，如儒雅的老者——似乎永远不会焦虑，永远不出意外。

我们边走边聊。一条可以走轿车的水泥路从喧闹通向幽静。刚走得起劲，一条坑洼不平的沙石路斜逸而出。朋友熟悉这条路。他和两个儿子是骑行爱好者，一有机会就会到岳麓山上撒野。这条沙石路就通向车轮碾出的小径。

中午的暖阳从高大的枫树、樟树的枝间叶缝投射而来，清亮而温暖。毕竟这是小径，路人稀少，岳麓山展现出它幽谧和阔大的一面。我们继续着教育的话题。我拿出手机，给朋友看一道关于修辞手法的选择题。

这道题，是头天晚上一个朋友在微信群里发过的。因为最近和女儿刚讨论过修辞的话题，知道一些常规陷阱，所以很快地给出答案。另外一个群里的朋友求救了一个语文老师，证明我选的没错。

我们仨的问题集中在这一句话上：“我的眼睛模糊了，好像看见无数萤火虫在我的周围飞舞。”我判断它不是比喻句——有喻体，没有本体。

最先抛问题的朋友告诉我，这句话出自小学四年级的语文课本，是冰心的名篇《繁星》。他顺手发给我一张截图。

我当时惊呆了。联系上下文，这是足斤足两的比喻句啊。那所谓的“没有本体”，是由于承上省略啊。

顿时无语。这题目到底考查学生什么能力？看谁机械地套用比喻修辞的判定标准？而且判定的前提条件是：不要随便联想，就当自己没学过这篇课文。

我不知道上课时，语文老师是否分析过这个读者眼中的“优秀句子”。假如分析过，不会忘了说它是比喻句吧。

从“这样的语文考试，到底想干什么”到“孩子要不要揣摩老师的出题心理”再到“家长该如何教孩子敢说真话”，我们都有太多的感慨。现在的孩子面临的学习挑战，一年难过一年。都说湖南人会读书，这样读下去，到底会是什么结果？

假若圣贤有灵，以湖南人的脾气，听到我和朋友这段对话，是不是要跳出来理论？

二

午饭时间到了，我们在岳麓山坡横穿而过，正好到了爱晚亭那边的山谷。朋友特意就选在爱晚亭下的一个餐厅。岳麓书院的后门，扭头可见。川流不息的人群，在我们不解的目光下，继续川流不息。

周一的上班时间，居然有这么多人出门游逛？刚辞职不久的妻子很是吃惊。

我笑着说，平时我坐火车回老家，看火车上那么多旅客，也是感叹“闲人”真多。“也许别人也是请假旅行，我们在人家眼里，也是令人吃惊的‘闲人’。”朋友这样解释，似乎也有道理。

刚落座，朋友就说这次他经历了一个人生大坎，一度情绪极不稳定。刚爬出人生低谷，心情甚好，所以邀约我们一起爬岳麓山。

他不方便透露具体内容。我想，他这么一个专业扎实、性格阳光的人，还是被生活狠狠捶打。但，幸运的是，他走出了，他说想通了一些问题，也做了一些事情。我想，老实人学会躲避伤害、娴熟地保护自己，这不是妥协，而是一种正向的进化。

吃完饭，我们继续聊着。人为什么要活着？不就是让自己觉得自己有用，图个清醒的快乐吗？

他喜欢我说的“正向价值”这个词。我说我还不喜欢那些似乎看透一切的反讽和解构。“有着看透后的虚无。但人还是要怀抱希望，要行动。”我一直认为，调皮的反讽，幽默的解构，看似有点智慧，但它真不可爱，它是另外一种犬儒，一有时机，它完全可能走向背叛，走向它批评的那边。

朋友很赞同，他说，只有行动，才会有改变。否则，只能反复印证错误的逻辑和观念。

我们从爱晚亭出发，继续爬山，目标是禹王碑。禹王碑坐落于岳麓山北峰。禹王碑最早发现于衡山岣嵝峰，故又称岣嵝碑。碑上77个字，苍古难辨，有谓蝌蚪文，有谓鸟篆。

宋代嘉定年间，有人从南岳衡山岣嵝峰摹刻的拓本复制了禹王碑，搬移到岳麓山。既然有人开了复制的先河，此后的石碑复制行为便时常发生，于是禹王碑传遍天下，全国约有三四十处地方摹刻了禹王碑。岳麓山的石碑距今已有八百年了，算是资格最老的复制品。

石碑被围护着，碑面被雨水被尘土狠狠地腐蚀，有着厚厚的时光包浆。蝌蚪文即使清晰，于我也是一群不知游向的蝌蚪。

在禹王碑前的平台上，我们看到一篮鲜花，眼前陡然清明，心生寥廓。

下山，我们又选择了一条崎岖的小路。在赫石坡，我们拜祭了陆军第七十三军抗战阵亡将士公墓。七十三军是三湘子弟兵，参加过淞沪会战和三次长沙会战，伤亡惨烈。从不甚阔绰的门洞穿过，台案上供奉着鲜花。在这庄重而肃穆的台案前，我们深深地鞠躬。我们曾修碑纪念他们，又在荒唐年月抛弃过他们的骨灰坛。也许他们已经洞悉历史的荒谬，愿他们灵魂安息。

安徽人王东原，在离公墓不远的地方，修筑“王东原公馆”。王东原曾率七十三军参加淞沪会战。七十三军参加长沙会战时，王东原已不任军长。公馆前方辟有花园，园内建有长明亭，以纪念在抗日战争中牺牲的将士。

我们在公馆门前的路边看见好几个荒凉的坟头，其中一个顶部塌陷。朋友笑着问：“晚上从这里经过的人，不知道恐惧不？”

我笑着说：“不怕！这座山埋着那么多正人君子，为国为民，个个正气凛然，邪鬼早被镇住了。”

是的，墓碑无数的岳麓山，是烟火人间的守护神。他们生前阳刚得爆棚，最不信邪性。他们躺下，也是温良的形象。浩荡的正气充盈岳麓山的沟沟畔畔，阴森的鬼气，岳麓山不可能会有。来到这里的人，可以天真地辨析，可以远远地遐想。

所谓青山埋忠骨，英雄惜英雄，莫过于此

如果岳麓山没有埋下那些英灵，它充其量只是城市旁一座休闲的山头而已。

我的好友刘建勇在《一座岳麓山，半部近代史》这篇文章中说："说起岳麓山，常有'一座岳麓山，半部近代史'，或'一座岳麓山，半部辛亥史'的说法。之所以有这样的说法，是因为岳麓山的墓葬。其中，被列入各级不可移动文物的，就有近80座。"

但岳麓山只有一座，不是谁都可以合法地葬在那里，尤其是近代以来。即使是名动天下的蔡锷和黄兴，也无法轻易在此下葬。为了能将他们合法地安葬在岳麓山，北洋政府专门出台了中国近代史上第一部《国葬法》。

一次闲聊中，好友郭宇宽说要来长沙祭拜一名将军。我知道郭宇宽是祖籍江苏的人，岳麓山也有他牵挂的人？我一时恍惚，但迅速明白了，郭宇宽的爷爷抗战

时曾在远征军从事公路勘测工作，而他要祭拜的齐学启将军，也是远征军名将。他们也有交集？等郭宇宽到长沙时再向他探问吧。

一

深秋，岳麓山上微冷。网上查知齐学启将军墓的位置，发现从中南大学校园前往，最方便。但我觉得岳麓山就这么大，无所谓远近，多走点路，也算锻炼，顺便带郭宇宽熟悉下岳麓山。

齐学启将军是长沙宁乡人，1923年毕业于清华大学。之后考入美国诺维琪军校深造，毕业后回国，曾任宪兵六团团长，负责南京治安。1932年率部参加淞沪会战。因为师出美国军校，曾被部分黄埔军官排挤，齐学启一度脱下军装，到浙江大学工学院任教。1938年，宋子文以筹建盐务缉私总队的名义，重建嫡系部队。缉私总队在岳麓山下组建，齐学启任参谋长，而总队长，就是齐学启在清华大学的同届同学孙立人。有人说，就是那时，孙立人和齐学启将军散步于岳麓山，看山景清幽，说，如牺牲后能在此安息就好。

1941年太平洋战争爆发。装备精良、训练有素的缉私总队更名为新编三十八师（师长孙立人，副师长齐学启），奉命赴缅甸参战。在缅北仁安羌战役中，孙立人部下成功营救被日军包围的七千英军，此役轰动了英伦三岛，取得了中国远征军入缅以来的一次重大胜利。师长孙立人、副师长齐学启、一一三团团长刘放吾和各营营长，分别获得中英政府的嘉奖。

1943年，齐学启将军指挥部队掩护英军撤退，后在带领野战医院伤员撤退途中，遭遇日军包围，顽强抵抗，不幸中弹，被俘。齐学启将军义无反顾，只求速死，令日军敬佩。他身陷敌营，严斥汪伪政府的诱降。1945年3月8日，齐将军上厕所时被战俘营中叛徒暗杀，3月13日含恨辞世。

抗战胜利后，孙立人电请英军军官史立姆派专机将齐学启遗骸空运回国，于1947年9月归葬于岳麓山下。

抗战时期，中国欲打通通往仰光的国际运输线滇缅公路，以保障战时的军事补给。郭宇宽的爷爷郭会邦，是这条公路的一个重要的勘探工程师。“我的父亲、姑姑和大伯，都出生在我大爷爷清华大学同班同学孙立人将军的随军医院。当时在云贵一带，医疗条件比较差，我奶奶生孩子时，被负责后勤事务的齐学启将军安排，住进战地医院。”郭宇宽的父亲叫郭有为，寓意“有所作为”；姑姑叫郭有光，有“光复河山”之意。郭宇宽说，奶奶后来给他讲齐学启将军牺牲在缅甸的故事时，不停地抹眼泪。

郭宇宽成名很早，在西安交大读书时，参加了1997

年名校杯辩论赛，一举拿下冠军。后担任学校辩论队的队长和教练。在读书期间，就是湖南卫视、陕西卫视的节目主持人。2008年因天价医疗费的报道，郭宇宽被迫从央视离职，一度专心致志地做起了创业者和投资人。虽然身份标签不少，但郭宇宽最喜欢的称呼还是“研究员”。“看起来跨界挺多的，但实际上我做的事，一直都是把一个问题彻底分析清楚。”这两年，他专心研究起教育问题。

我只知道郭宇宽会读书，会说，会写文章，但不知道他祖上厉害。他的曾祖父郭惟仁是清末秀才，私塾的穷教书先生，生养的四个儿子，全部考上清华。我被他祖上的教育理念所吸引，今年与他合写了一本有关教育新思维的书。他是理论与实践的高手，做过清华大学的博士后，他的儿子学习成绩优秀，“学起来还不怎么费力，无师自通会弹钢琴”。

二

在手机导航的带领下，我们从湖南大学爬上岳麓山。越过一个小山脊，试探着沿着石阶向下走。可惜没走多远，导航自动结束了，但放眼望去，眼前的山坡没有任何墓地的样子。

跟着感觉走，向左拐上一条横在山腰的沙石路，一路打听，没人知道路边还有墓地。我打电话向刘建勇求救，刘建勇在《潇湘晨报》工作十多年，熟悉湖南抗战史料，他也曾在岳麓山下读过大学，熟悉岳麓山的一草一木。他问我所处位置，我也说不出什么标志物。这是岳麓山景区管理的问题。纵横在山间的路径没有统一管理，你根本不知道脚下的路叫什么名字；墓地的分布和指示，只能看到零星的指引。

郭宇宽感觉墓地应该在我们附近，他不想走一条正经的小径，不听劝说，径直沿着一条游人踩出的野径下山。我提着花圈，只好陪着他走。想他在山野间行路的能力不如我，估计他很快便会受不了，然后选择走回头路。我不怕，毕竟我是农村出生的野小子，而他是南京城里长大的好孩子。谁知刚叮嘱他小心，我就“吧唧”摔了一跤。有点尴尬，自嘲两句，“吧唧”，又来一下，挺扎实。感觉胳膊有点刺痛，一看，已被树枝划破了几道。

必须小心对付脚下的山路了。郭宇宽得意了，自夸他脚下的鞋子什么路都可以走。言下之意，我只图品牌，鞋子不实用。我知道他一直批判消费主义。其实我当天胡乱穿了一双网球鞋，谈不上牌子。但摔了两跤的人确实丧失了自辩的信心。

我不想再被不趁脚的鞋子拖累，步伐迈得谨慎。只见郭宇宽左右手开弓，拽着身边的树枝，稳当地走出我的视线。

“找到了。”远远地听到郭宇宽在喊，我扣紧脚尖，加速脚步，冲出密林，终于迈上一条像样的石径。向左转，走不到20米，就看见了齐学启将军的墓地。

和我撑开花圈后，郭宇宽仔细看着墓地的碑文。他说奶奶当时给他讲：齐将军牺牲之后，孙立人将军用他自己的几根金条托人收集了齐将军的遗骨，用专机运回国内，安葬在岳麓山上。

郭宇宽的奶奶今年109岁，她经常惦记齐将军对郭家的恩情。“今天我受我奶奶委托，代表郭家的后人，专程到湖南祭拜齐学启将军。”郭宇宽拟就的挽联是：“气壮山河齐学启将军千古，永志感怀郭会邦王同珍后人敬挽。”

在齐学启将军墓前，我与郭宇宽肃立默哀，三鞠躬。

除了墓坪用青石块铺砌外，其他构件均为花岗石。墓冢为半圆形，墓前有护栏和拜台，墓围正后方嵌石碑三通，中碑阴刻“陆军中将齐学启之墓”。墓道与墓坪的正前方立大型纪念碑。碑刻抗日名将孙立人1989年重修齐学启将军墓时所撰并书的《重修齐学启将军墓园记》，字字悲怆，句句情深，全文如下：

中华民国三十四年三月八日，陆军少将、前新三十八师副师长齐公学启被刺于缅甸仰光之日军战俘营，是月十三日以伤重逝世。公之死，去缅境之解放曾不数旬，距盟军之全面胜利亦只五月。公虽知日寇之必亡，而已不及见矣。

溯自寇之侵，生灵涂炭。民国三十一年，我新三十八师奉调入缅与盟军并肩作战。四月十八日，我以一团之众击溃十倍之敌于仁安羌，解英军七千余人之围。是役也，中外震动，而公临阵之绩实伟。方当乘胜追击，而盟军之战略遽变，公乃率部殿后掩护友军转进。及任务完成，复报命于第五军指挥部，归途遇伤病袍泽，不忍弃去。敌骑大至，众寡悬殊，创重援绝，遂被俘焉。

公之羁于仰光中央监狱也，凡三年。三年中，敌伪劝降无所不用其极。公心坚金石，不屈不挠，狱中同志及英美受难战友数百人皆倾仪动容，尊之为精神领袖，视之为光明象征。故卒以此见害于敌。世之人，或以公之在仰光狱与文天祥之在燕京狱相提并论，其浩然之气与夫所以塞苍冥、立人极者，固无异也。

公之灵柩归葬故里，余曾亲为执绋，并为挽辞以述哀。公之葬地在岳麓之阳，与黄公克强、蔡公松坡两先烈隔垅相望。湖湘人杰，后先接武，可谓不忝者矣。今公墓道废圮，志表无存，当日袍泽决议重修，所以怀旧，德彰忠魂也。以余为知公者，嘱为数言，以纪其事。余闻之朋友之墓有宿草而不哭焉。余则过时而悲。

呜呼，死者陵谷，公与诸公俱往矣。神骑箕尾，名在日月，固将与麓山湘水同乎不朽。而余以老耄，犹能执笔为文，有深幸焉，而亦不能不有深恸也。

公元一九八九年八月吉日

舒城孙立人　敬撰并书

三

“九载同窗”“十年共事”，孙立人和齐学启情同手足。

1947年，齐学启将军墓园建成，孙立人将军亲自主持归葬仪式，朗读祭文。下葬当日举行了盛大的追悼仪式。

齐学启的死，是孙立人一生的遗憾。齐学启的归葬地，孙立人一直牵挂。

1985年开始，孙将军委托多人寻找齐将军的墓地。在岳麓山一个护林员的帮助下，齐将军的墓地找到了。墓地不见原来的形貌。护林员说，原来墓地上的一些麻石，年久失修倒在地上，不少被人移去铺路。

听说齐将军的墓地找到了，孙将军立即行动起来。因为长期被软禁，孙将军没有积蓄。他的旧部在台湾发起募捐，共筹得6000元美金，托人带回长沙做修墓费用。为寻找墓地，黄兴的长孙黄伟民出力不少，孙立人还专门写了一副对联给他——“万里云山劳想像，一生宗仰重湖湘”。据说，孙将军一生为人书联仅此一次。

1990年1月7日，齐将军墓园修复竣工。1990年2月

20日，孙将军致信齐将军的家属，信中有这么一段话：

“令尊与立人情同手足，不幸为国捐躯，虽已名垂青史，而在生交谊四十余年，未曾暂去于心。今者墓道重新，或者可以稍慰在天之灵，惜乎衰迈，未能亲临一拜，为阙然耳。”

2014年，长沙市公布第六批市级文物保护单位名单，齐学启墓被列入其中。当年8月4日，缅怀抗战烈士齐学启将军活动在长沙举行，齐学启将军墓举行文物碑揭牌仪式。来自台湾的姚辉和杨义富、广东的梁振福、湖南的吴淞等七名抗战老兵，孙立人将军之子孙天平，齐学启将军亲属李之琚、李之珩等34位抗战官兵后裔，在此祭奠战友与前辈。

祭奠现场，小小的墓前平台挤满了人，山谷中回荡着抗战老兵们齐唱的《新一军军歌》：“吾军欲发扬精诚团结无欺罔矢志，救国亡猛士力能守四方不怕刀枪……”

所谓青山埋忠骨，英雄惜英雄，莫过于此。

郭宇宽的奶奶，高寿，头脑清晰，至今不忘齐将军为国捐躯的忠勇，不忘齐将军昔日悉心照拂的恩情，一再叮咛郭宇宽去湖南代表郭家祭拜先烈。

所谓“赢得生前身后名”，大抵如此。

活着的，未忘英魂；死去的，赤心可鉴

一个老太太大声地在纪念碑前念着手中的一张纸片，一个男子用手机在小心地录像。2018年10月25日上午，我第二次踏进腾冲国殇墓园，仔细看了半天，刚要走开，无意间听到这位老太太郑重其事的声音，好奇心大增，这般郑重模样，莫非是英雄的后人？

冒昧地打听，老太太说她姓王，是从广州来的，身边摄像的是她的儿子。儿子说老太太是历史老师。

哇，一个有故事的老太太。多少历史老师，会把发生在1944年的那场战事放在心上，并且郑重其事地写文悼念？

我询问老太太能否拍照，她爽快答应了。我还问她是否可以拍那张悼词，老太太害羞地说，她这是狗爬一样的字。不过还是让我拍了。

在这篇题为《吊戴安澜将军二〇〇师烈士群墓——腾冲地下方阵》的文章中，老太太写道：“当吃厌鱼肉想吃野菜的大爷大妈漫步在公园小径时，当万紫千红鲜花盛开时，当游遍世界觉得各国人民笑脸相迎、中国旅游大军昂首挺胸时，当激越音乐响起于舞池时，当宫廷剧和生活剧在手机上争奇斗艳时，当品味和感受快递及时送来的佳肴和时装时，您想到了什么？”

老太太显然是一个头脑闲不住的人。我好奇她追问到了什么。她紧接着写道：“当然是唱起了‘没有共产党，就没有新中国’。知恩感恩是国人的良知良心！不忘历史，知恩感恩！永远不忘抗日民族英雄戴将军和他率领的腾冲地下方阵！”

1944年夏，为了完成打通中缅公路的战略计划，策应密支那驻印军作战，中国远征军第二十集团军以六个师的兵力向占据腾冲达两年之久的侵华日军发起反攻，经历大小战斗四十余次，于9月14日收复腾冲城，日寇藏重康美大佐联队长及以下六千余人全部被歼，远征军亦阵亡团长李颐、覃子斌等将士八千余人，地方武装阵亡官兵一千余人，盟军（美）阵亡将士十九名。在腾冲籍辛亥革命元老李根源先生的倡导下，墓园1945年建立，取楚辞“国殇”之篇名，题为国殇墓园。

所以，很遗憾，这个墓园的方阵，与戴安澜将军没有关系。1942年，戴将军带着中国远征军第二〇〇师9000名将士出征缅甸，取得同古战役大捷（歼敌五千余，而日军兵力四倍于戴部）、收复棠吉等战功。当年

5月，戴将军受伤殉国于缅北。美国政府为表彰戴安澜在第二次世界大战中作出的巨大贡献，于1942年10月29日向其颁授懋绩勋章一枚。戴安澜将军成为第二次世界大战中，第一位获得美国勋章的中国军人。史迪威将军评价戴安澜为“立功异域，扬大汉声威的第一人”。

可以想见，年轻的历史老师，读到了一个扬威于境外、痛杀日寇的英武将军的故事，满眼是敬慕，满心是敬服。英雄殉国，壮志未酬，又让她哀伤不已。王老师在退休后，终于把一个青年对历史的敬意，化为晚年在纪念碑前的谦恭诵读。她说她是来还愿的。在这个全国建立最早、规模最宏大的国军抗日烈士陵园里，还的是青春时无法献上的敬意吗？

从这个意义上来说，王老师的悼念也没错，这个墓园，也寄托着无数国人对远征军死难者的愧欠与怀念之情。31米的圆锥形小团坡，小碑自下而上排列着，每个碑下均葬有阵亡官兵骨灰罐。看着碑上一个个简化到只有头衔和姓名的刻字，只觉得生命的渺小。这么简单的信息，怎么能概括碑下那一条条曾经生龙活虎的生命？他们是父母眼中最聪慧的儿子，是爱妻身旁最高大的靠山，是稚子屁股下最稳健的“马背”。他们从哪里来？他们家人曾来相认过吗？

在墓园里听导游介绍，也是一种别样体验。有人字正腔圆，背诵着从书里整理来的正确答案，让来自全国各地的游客从一块块匾额或图片或石碑上，读出对生命的感悟或发出一声声叹息；有人用反诘、赞叹和沉吟来表达他对历史细节的理解。那个双手插袋、慢条斯理的导游，其自信和沉浸的表达，让人惊叹；在墓园出口，一个烫爆炸头的导游，用一惊一乍的语气，讲述着曾经的历史风云，似乎他的风格更符合年轻人对历史的理解——嘲讽和幽默才能引起人们的关注，尤其是讲述久远的历史。进入中年的我，听腻了第一种导游，第二种反而让我眼前一亮。那是被时间的灰掩盖太久后的轻轻一吹。

墓园距离李根源旧居不远。这位国殇墓园的倡建者，把墓园选址定在家附近，仅此一举，足以让人敬仰。老先生像那个时代的辛亥老臣一样，早年革命意气风发，中年挂冠隐退，民族危难时挺身而出，有着传统读书人的“呆子气”。而正是这种心怀天下的“呆子气”，把民族精神和气节深深地刻进历史的年轮，深深地刻进无数后来人心中。

当年他任云南陆军讲武堂监督，朱德是学员。他曾任我的老家陕西的省长。这个云南的“蛮子”，不知道在那遍地“愣娃”的北方，爱过什么，恨过什么。旧居的木楼里，陈列着李根源在各个历史时期的照片、著作及部分手稿、信札、遗物。不知他在这个院落住过多久。他去世于北京，但没有归葬于故乡，而是要求埋于杭州的母亲墓旁。杭州，是他退隐之地。少时从母亲怀里走出，死后又退回母亲身旁。追随母亲，这是赤子的最后心愿。

一个活着的老太太，一个死去的老先生，就这样不经意地让我在腾冲的秋日遇到。活着的，未忘英魂；死去的，赤心可鉴。

适时放弃，也是一种自在

从泸山风景区的正门进，两块钱的车程，就可以登一观景台，邛海风光一览无余。这是大自然对西昌人民的馈赠——它虽然让你出行艰险，却也不忘让你拥有山水的秀美。向右望去，水天相接，茫茫苍苍，通向未知的远方；向左俯瞰，楼房逶迤于大水边，或出没于绿树间，或连片蹲守湖边，如泸山路边可怜巴巴的猕猴，期待湖水能赐予自己什么。

水，能让一切生灵柔软起来。它能轻易地映照出面孔的肮脏，即使无法让人永远保有灵魂的清洁，至少让人对干净生出敬畏。水边缓行，成为中国文化传统中美好的意象。不论是春游的曲水流觞，还是离别的踏歌相送，一切美好都在水边缓缓发生。而邛海，以广阔的水域比照城市单薄的体量，更显大自然的风采与气度。对这种水的感觉，和面对林立的高楼中挤出的小小江水的感受比起来，区别还是蛮大的。前者大气磅礴，让人震撼；后者纤弱柔婉，惹人怜惜。

真相总掩藏在更多的事实背后。公干间歇，择一清早，登湖边的泸山，居高打量这颗大凉山深处的夜明珠。邛海，其形状如蜗牛，南北长11.5公里，东西宽5.5公里，周长35公里，水域面积31平方公里；湖水平均深14米，最深处34米。它是四川省第二大天然淡水湖泊，古称邛池。20世纪60年代，我国兴起了“农业学大寨”运动，邛海周边大兴围湖造田。后来又兴起网箱养鱼和大办农家乐，邛海周边大量的滩涂、沼泽被破坏。随着其周边人口的迅速增多，它所受的破坏日趋严重，邛海生态环境变得十分脆弱，水域面积不断减小，水位下降，水质不断恶化，水体富营养化严重，水浮莲大量滋生。

这些记载，和中国许多湖泊河流的遭遇极其类似。值得注意的是，邛海也曾枯萎过，如果不是城市主政者主动干涉，花费巨资修复生态，邛海估计早已萎缩得无影无踪。

观景台后是泸山的第一寺——光福寺。奈何被门口的香火铺拦住，说是不消费不能进寺观瞻。也罢，多看看不要钱的风景。

光福寺前有一巨大照壁，上有明状元杨升庵火把节夜宿泸山组诗。在看到泸山的美景与火把节的盛况后，诗人在此吟出名句：“老夫今夜宿泸山，惊破天门夜未关。谁把太空敲粉碎，满天星斗落人间。”火把节我是无缘目睹，但状元的夸张能耐，可直追李太白。

顺着光福寺拾阶而上，密林深处高低错落地排列着梵宇、佛宫十余座，古刹殿宇各抱地势、各据幽境，儒、道、佛各自修行。我在想，夜深人静的时候，他们有没有彼此串门的想法？门可罗雀者会嫉妒门庭若市者吗？

泸山最近几年为外界所知，是由于突如其来的山火。山火的巨大破坏力，让人们见识了大自然的疯狂以及人类的短视与无知。

2020年8月去西昌之前，连续的大雨导致泥石流肆虐，西昌的地面交通出现问题。出租车司机说2020年的山火也烧了过来，当时邛海边的泸山山顶，浓雾缭绕。我看见路边还有工人在清理坡间的残断树木，不只自然枯死的，还有被火袭杀的。

沿路边的一门进山。警惕猴子袭扰的告示牌伫立路边，但往往被人忽略。刚踏上十几级台阶，就见一只猴子从路边走向行人，我还提醒前面的人注意，结果那猴子忽略他人，径直向我迈进。我怕那家伙伸手抢东西抓伤或咬伤我，就停住脚步，摊开手，表示自己一无所有。前面有个游客提醒我，是不是口袋里有其他食物被猴子闻到了。我掏了口袋，啥也没有。猴子没有理会我，不怒不喜地继续走近我。我怕了，侧身后退。前面的游客说：“别怕，你向前走。”但我怕这样会刺激到猴子，继续侧身后退。谁知，身后三四只壮实的大猴子也向我走来。它们从哪里赶来？估计是身后的树上。太欺负人了。我把口袋里仅有的香烟打开，往大猴子身旁扔了一根。谁知，它们的兴趣一点都没有被干扰。我有点慌了。于是，我在身后游客的掩护下，后撤出山门。这时，那只最早追我的猴子在路边捡起一个饮料瓶，仰头饮尽残液。早说吗，不就是一瓶饮料吗，害得我放弃了爬山。

这时，山路边的树上、院墙上涌来不少猴子。其中有几只眨眼间就跃到院墙外楼房二楼的窗户上，嘶叫着，跳跃着。小猴子调皮，老猴子阴厉。猴子的嚣张，引起了工作人员的不满。只见工作人员的弹弓射去，猴子立马四散。

出了山门，才注意到景区对游人的提醒，关于猴子的特点，其中一句描述值得玩味，大意是“与游人互动热烈”。手机一查，确实够热烈的。据《成都商报》报道，十多年前，几十只猕猴安家西昌泸山景区。但猕猴为游客带来乐趣的同时，副作用也渐渐显露出来：猕猴群已经繁衍壮大到几百只，上房揭瓦、偷吃粮食、下山扰民、抢游客的包，甚至抓伤、咬伤游客。

即便每年政府安排专门的资金对猴子进行喂养，但猴子就是喜欢与人亲近。景区方面在泸山增设了多块安全警示牌，并安排保安提醒游客，同时每年为游客购买了意外伤害保险，最初仅四万元，到2020年已增加至10多万元。听说景区已经分流了一些猴子。没猴子的泸山当然少了生趣，但有了猴子，就多了安全风险。山是猴子的地盘，就怕这种群居动物对游客太过热情，游客想拒绝都没能力。

现在想想，放弃游逛泸山是最好的选择。如果被猴子盯住，它一时没得逞，说不定会记仇，找机会报复。除了抓咬，它们还会投掷石块。与猴子不能计较，就像和烂人不能缠斗一样。斗赢了，也不长什么面子；斗输了，除了狼狈不堪，因受伤耽误公干也是我不愿接受的。我可不想上凉山本地的新闻。

适时放弃，也是一种自在。

野生动物的生存空间，因人的脚步的扩张而压缩。接近和观赏动物，自然是很多游客的心愿。但这种野趣因带有攻击性的猴子而显得有点尴尬。这种危局，是获得的附带风险？或者是必然的投资？

这是一个艰难的抉择。尤其是碰到这种智商不低的猴子。

然而，人生的选择难题，何尝只在泸山才有？

偏居历史和地理的一隅，依旧发出巨大的光和热

众山环拥，如群龙朝拜。脚下的这座山，如光明顶，阳光普照，360度无死角。

这是金沙江边的一个堤坝。

在云南昭通市巧家县县城北20公里处。光明顶四周村居散布，名唤鱼坝村。和外界相通的，是一条仅容一辆车过的水泥路，蜿蜒在海拔900米到1380米之间的山坡上。一小时的车程，我被鱼坝村的万吉祥从县城送至这山海中的孤岛上。这里阳光温暖，微风拂面。而千里之外的长沙，正被南下的冷气团折磨，朋友圈一片凄风惨雨。

站在上鱼坝俯瞰，可以望见下鱼坝，以及滚滚而去的金沙江。江对面的是四川凉山州宁南县。

万吉祥自豪地表示，这是一片风水宝地，万山朝拜，种啥成啥。鱼坝村分两滩，一滩在山坡上，就散落在脚下光明顶的四周，名唤上鱼坝；一滩就在坡下的

谷底，金沙江滚滚而过，名唤下鱼坝。从上鱼坝到下鱼坝，虽然一眼可以望见，但要步行抵达，就需要一个多小时。荒草没膝，沟壑凶险，如果没有村民带领，陌生人真是寸步难行。

听说鱼坝村是巧家小碗红糖的重要发源地，我闻甜而来。

一

水源充足，日照时间长，沙质土壤……这些是金沙江馈赠给鱼坝村的厚礼。

在靠江的山坡上，下鱼坝种植的甘蔗含糖量高，熬糖成了当地人的传统手艺。万吉祥的老家在下鱼坝，他小时就和父亲一起熬糖。“12岁时父亲去世了，当时我还太小，和邻居换工，人家嫌小，不情愿。也是，我那时手艺浅，熬的糖颜色太深。”

顶级巧家小碗红糖的色泽，出乎我的意料。

毕竟有300多年的熬糖历史，鱼坝村民对红糖的脾性掌握得分毫不差。上等的红糖不是我们印象中的黑红，而是黄亮，迎着阳光望去，像蜂蜜一般漂亮。这里的红糖，糖汁成型于一口口小碗中。用手掰一块尝，需要使用大力。放一小块入口，甘蔗的爽甜丝丝润喉。

晚清以降，巧家小碗红糖在国内市场久享盛誉，尤为受青、藏、川、滇等省（区）藏区彝族同胞钟爱。相传，中华人民共和国成立初期的一次全国性会议上，西藏自治区代表曾当面向周恩来总理请求，希望能保证巧家小碗红糖对西藏的供应。

很难想象如此风光的红糖产地，竟然蜗居于群山之中。2000年以前，下鱼坝村民要去巧家县城，如果不想翻越身后的大山，就需要摆渡金沙江，借道对面四川的公路，顺江而走，再返回巧家的地盘，抵达县城。当年，上小学的万吉祥为买10元的电子表，天麻麻亮，就兴奋地跟着哥哥翻山越岭去县城，“来回走了10多个小时”。他没有坐渡船，就是为了节省5角钱的船费。

当下，鱼坝村约有12个村民自主经营的加工车间，每年要加工100吨红糖。如今云南巧家小碗红糖熬制技艺唯一的省级非遗传承人就在下鱼坝。鱼坝村挖掘和发展巧家小碗红糖能取得如此佳绩，多亏了驻村大学生村官刘荣华的用心工作。他熟悉新媒体，善于借力造势，在抖音上，能看到他精心拍摄的扶贫视频。

正当所有人都坚信一切向好之时，下鱼坝突然进入倒计时。2021年，随着金沙江白鹤滩水电站蓄水期的到来，下鱼坝绝大部分将沉没于江水。

可惜由于道路难走，我们没能去下鱼坝，体会下江边村居的生活。听说这些迁移的村民将被移民到巧家县城，移民点正在建设。

他们的熬糖历史就要被这样中断吗？

遗憾的是，我至今没弄清鱼坝村所在的山，叫什么名字。

万吉祥说，下鱼坝还有一部分不会被淹没，可以继续种甘蔗，熬糖；同时上鱼坝可以承接下鱼坝的熬糖产业。但说服上鱼坝村民由种桑树改种甘蔗，也不是那么容易的。万吉祥是出门做过生意的人，他不会把着急写在脸上，反而笑着说，带头示范种甘蔗，有了好处，村民自然就赶着来。

滔滔金沙江，让鱼坝村闭塞，赐予鱼坝村丰饶，如今也给了它离别。幸好，他们还有选择。

二

巧家县和奉节县类似，城内马路在山坡上穿梭，如蛇。于是摩托成了常见的交通工具。

这里的街头巷尾容易撞见卖帽子的摊子。这种帽子类似军帽，只是颜色不同，多为蓝色，有的有檐，有的无檐。在关于大西北或者有关凉山的视频中，我曾了解过当地百姓喜欢戴帽的情况。戴帽子大致可以防寒防尘。

想起陕西商州老家。在很久以前，婶婶和奶奶辈的人们，一度喜欢带一种深口的白帽子，也是无檐。

一个老婆婆在纳鞋底。她的摊位上摆满了各种手工品，包括帽子。我好奇地询问价格，她说十几块。满脸的皱纹，又让我想起去世多年的奶奶。我对这类帽子没有消费需求，那就买点她身旁的橘子吧。

巧家县的堂琅文化广场出乎意料的大。就着地势，分为两个高台。中午时分，树荫下，到处是打牌的市民。我对广场的名字很好奇，当地朋友说，堂琅，就是螳螂。

巧家古称堂琅，远在秦来巴蜀时，中央即在巧家老店镇一带的堂狼山中设堂琅县。堂琅县，得名于设县时所在之山——堂狼山。对于堂狼山之名的来历，《汉书》刘琳注认为，其名得自于“其地多螳螂”。

《新纂云南通志》载“堂琅山在巧家东米粮坝……延袤百余里”，在该书所附地图上明确显示堂狼山横贯巧家境内，是始于牛栏江边老店镇、迄于炉房乡的东北至西南走向的山脉。牛栏江，《汉书》称堂琅江，金沙江右岸支流。

查阅资料，一不小心发现巧家县的辉煌历史。

昭通一带铜矿富集且开发最早的地区即巧家堂狼山。据1983年中国科技大学科研处编的《科研情况简报》第六期及有关论文，专家对安阳殷王武丁妻子妇好墓出土的部分青铜器进行检测，结果说明距今三千多年的殷朝铸造青铜器的铜矿来自今天云南的永善和巧家一带。堂狼山也出产白铜。《旧唐书》中说，当时只有当朝宰相乘坐的车，才可以用白铜装饰。18世纪之前白铜在欧洲极为昂贵，价格仅次于金、银，是贵族的奢侈品，英国东印度公司的职员和从事运输的船长、水手经常从中国走私白铜，牟取暴利。德国人杜赫尔德在1735年出版的《中华帝国全志》中提到：“最特殊的铜是白铜……只中国产有，亦只见于云南一省。”

有意思的是，巧家县堂琅文化研究课题组从矿冶开采、文化等各方面进行深入研究后，认为三星堆的青铜矿料来自巧家堂狼山。

堂狼山，简直成了中华文明重要发源地。

据道光年间刊发的地方志《大定府志》记载，堂狼山即罗尼山，是彝族再生始祖阿普笃慕的居住地。阿普笃慕，是滇、川、黔、桂四省区的彝族人民共同尊奉的祖先。“阿普”是老祖宗的意思，“笃慕”是他的真正名字。他是彝族始祖希慕遮的第三十一代孙。据古彝文典籍《洪水泛滥》的记载，阿普笃慕生活在远古的洪荒时代，他们创造了灿烂的新石器石板墓文化，并开采巧家堂狼山区域的银、铅、铜等有色金属矿产。

看来，堂狼山，也是彝族的发源地。

不要小看任何一处山河。来到巧家县之前，你的中华版图中，也许没有它的位置，就像历史不曾在这处的山河上演进一样。你可能以为自己通晓中华历史，踏遍大江南北，但走进巧家，你才知道，这里另有洞天——奔走过慷慨激昂的族群，输出了震服天下的文明。他们虽偏居历史和地理的一隅，依旧发出巨大的光和热，照耀着泱泱华夏，天地洪荒。

万吉祥所在的鱼坝村，就有铜厂小组，安居金沙江边。这从侧面印证了巧家县铜矿矿藏的丰饶。铜矿和红糖，构成了鱼坝村的历史和现在。

在路上，我一直思量，万吉祥为什么返乡创业。他说他在昆明市开过铝合金门窗的门店，前几年回鱼坝村就是觉得村庄还有希望，还可以发展得更好。被山水故土拥抱过的人，最深的惦念，恐怕还是希望那片山水也能被时代拥抱。如果它有救，只要有机会，游子义不容辞。所谓故乡，就是深情不用辩白，尽力不求回报吧。

万吉祥一直很客气地让我评价他对鱼坝村未来的规划。可惜他的普通话，需要我张大耳朵来听。再说，我一个慕名而来的外人，怎么有他熟悉家乡山水的脾性？

和鱼坝村的人在一起，我一直没有说的是，红糖产业的壮大，需要注重消费场景的利用，譬如巧家小碗红糖如何切入白领生活，成为写字楼甜点的食材；还要针对它的营养价值，开发合适的糖类食品，不过这是红糖深加工的问题。

话到嘴边，我最终却选择不流出口，毕竟鱼坝村人有的是机会，毕竟人类对甜蜜的糖既清醒又迷醉。

那种杀不死的少年气终成豪壮的边塞歌谣

从高空俯瞰大地，总有一款震撼让你心动。

从长沙到兰州，激动人心的是目击河西走廊边的连绵群山。

河西走廊夹在祁连山与合黎山、龙首山等山脉之间，狭长且直，形如走廊，因地处黄河之西，被称为“河西走廊”。从兰州出发，越过黄土高原与河西平原的分界乌鞘岭，便正式进入河西走廊。自东南往西北，河西走廊依次经过东端武威、张掖、嘉峪关、酒泉，西端瓜州、敦煌，一直延伸到玉门关附近。长约1000公里，最宽处近200公里。

靠近兰州，晴空下的群山荒芜，如蜕了鱼鳞的鱼，惨烈地群聚。山脊有路，弯曲连绵，连缀着村落。想象自己就是生活在山上的人，立在山头极目远望，如群鱼汇聚的累累荒山，汹涌而来，滚滚而去，塞满眼底，湮没地平线，让人瞠目结舌，只能拜倒在大自然的鬼斧神工下。山上的树，不知何年走失，但山上的人，生生不息。人，真是顽强的生物。

群山慢慢变小，山谷间有了阴影般的东西，应该是植物吧。道路从山顶移位于山间。居高望去，群山如沙画般呈现出朦胧美——不黄，有不均匀的灰。大地如初春的树叶，山脊如叶脉，脉络分明。

飞机越过一处群山，山崖横向出现三四道色彩，缤纷得耀眼。飞机下降，能明显看到山上开始出现绿色，星星点点。

我生于陕西，向外地朋友道明籍贯时，他们都会热情地提起黄土高原。但陕西也大，陕南山水秀美，且秀美中呈现出多样姿态，而陕北的黄沙弥漫，其实在我这个陕南人的理解范围之外。河西走廊多变的群山，更是我经验之外的存在。

河西走廊，是一条令人神往的文化通道。古丝绸之路从西安出发，穿过河西走廊，分别从阳关与玉门关进入新疆。这个地方，东周春秋时被西戎占领，战国先秦时被月氏人占领，后被来自蒙古高原的匈奴攻破。这也是匈奴西进运动的前奏。汉代以前，河西走廊已经有了经贸和宗教往来的古道，河西走廊因此成为古丝路的枢纽路段。汉武帝元狩二年（公元前121年），不断向西扩张的汉帝国在霍去病的统帅下击退了匈奴。大批汉朝军民迁入河西屯田。汉武帝设二郡武威郡、酒泉郡，而后武威郡分张掖郡，酒泉郡分敦煌郡。从此以后，农耕文化开始蔓延到河西走廊。

千百年来，河西走廊先后被匈奴、鲜卑、吐谷浑、突厥、吐蕃、党项、蒙古等地方政权掌控，这里曾数次生灵涂炭，土壤都该浸透了血水。这里被刀箭收割了的民族，如草原上的野草，年年枯，年年荣。荣了又枯，枯了之后，换一种形态，在对烈火的惧怕中，惴惴不安地荣着。然而，荣枯的宿命，不过是短暂地燃料一瞬，然后照射血水浸染的尘土，沉默地唱着无言的挽歌。苦难是这里的生活主调，而恐惧应是甩不掉的民族记忆。

如果说长城是中国人在北方建起的一面抵御游牧者的坚盾，那么狭长的河西走廊就是一杆刺入大陆心脏地带的长矛。汉唐，则磨光了这根长矛，让它肩负抵御来自西北和西方入侵的神圣使命。

有了汉民在河西走廊的农耕，中原政权对西域的经营，就有了就近取材的后勤保障。但因其地理狭长，所以，容易东西受攻。黄仁宇《中国大历史》："事实上自安禄山叛变之后，黄河上游以西的地区已永远被吐蕃占据，边境冲突也经常发生。公元787年的谈判失败之后，吐蕃部队俘获了一万多中原人与其部落为奴。当通过一段峡谷之前，这些吐蕃人让俘虏东向父母之乡辞别，史籍上提及有好几百人哭昏过去，也有不少人跳崖。"

吐蕃人视唐人为贱民，在河西诸城生活的汉人走在大街上遇到吐蕃人时必须弯腰低头，不得直视；对待奴隶，奴隶主们根本不当人看，并大开杀戒。“丁状者沦为奴婢，种田放牧，羸老者咸杀之，或断手凿目，弃之而去。”《新唐书》记载：“州人皆胡服臣虏，每岁时祀父祖，衣中国之服，号恸而藏之。”这是汉族人剃发易服的开始，而在历史上这被称为“河湟之耻”。

晚唐就这样在百姓的血泪里，把河西走廊给弄丢了。虽然此后有张义潮光复沙州，让河西走廊雄健一次，但这显然是一次回光返照。明朝时，朱元璋收复了河西走廊。自此，河西走廊才稳稳地纳入中华版图。可惜的是，那时，西亚、中亚地区奥斯曼帝国阻断商路，欧洲转而在海上开辟航路，导致丝绸之路不断衰落，直到最后几近断绝。河西走廊，没有驼铃声声，难免走入暮年。

汉唐的阳刚和鼎盛，表现在对西域，尤其是河西走廊的强有力管控。这里虽然血腥，生死无常，但有商贸的滋养，似乎永远风华正茂，永远洋溢着少年气。

阳关和玉门关，是盛唐诗人向往的醉卧沙场的胜地。河西走廊激荡着他们的雄心壮志与慷慨激昂的情绪。正如王昌龄在《从军行七首》中写道：“青海长云暗雪山，孤城遥望玉门关。黄沙百战穿金甲，不破楼兰终不还。”大丈夫建功的决心一览无余。这种杀不死的少年气，经诗人的笔，成为豪壮的边塞歌谣。这是文学的力量。

在文化能愉快交流的时代，在商业能和平流动的时代，边地最能呈现时代的进步风貌。人们欣然从军，乐于拓疆，因为他们能看到璀璨的希望。

风流倜傥的少年死了，死于绝望，死于一个朝代的结束。但气干云霄的少年气活在唐诗中，活在人们经久不衰的对英雄主义的渴望中。

在这群山的皱褶里，想必栖息过逃难的百姓。在儒家“安土重迁”的观念下，他们前赴后继地从中原来到河西走廊，除了军屯外，这些民间移民，是那些朝代最有冒险精神的人。他们的后代不知是否挨过历史的风沙，活到了当下？

随遇而安，处处皆风景

一

从长沙前往乌兰察布，没有直达航班，要先飞往呼和浩特，再转道乌兰察布。我虽生为北方人，但从未涉足过内蒙古。对内蒙古的了解，来自书本和大学时的好友王飞。王飞生在内蒙古且为满族人，祖先的血性还激荡在他血管里。那时的他，喜欢大口喝酒大口吃肉，一言不合就怒气冲头，扎刀上桌。

他比我低一级，而我的宿舍正好在他的正上方。一次，我的体育特长生舍友玩哑铃时制造了多次刺耳的撞击声。王飞前来“问罪”。舍友是一米八出头的大块头，专项举重、掷铅球和撇铁饼，膀大腰圆。门被推开后，舍友挺身而起，低矮的宿舍里耸起一座肉山。我连忙拦住舍友，毕竟我们扰民在先。虽未发生冲突，但王飞这个敢惹师兄的硬茬，让我记忆深刻。

后来我主编中文系系刊《长风》，王飞投来诗歌稿子，尽管我不会写诗，但我极喜爱他写的那种感觉。于是我们约见，感叹不打不相识。相聊甚是投缘，我们倾心订交。于是，20多年的友谊，绵延至今。

那时，内蒙古于我而言，是天澄水澈草美羊肥的人间天堂，是生养成吉思汗的神奇大地，是催生诗歌的辽阔远方。

“西安的伙计们，我胡汉三回来了。不过，就是小憩下，目标是呼和浩特。”2018年11月26日清晨5:00起床，我从长沙飞呼和浩特，8:00经停西安时，我发了一条朋友圈。这种调戏式骚扰，自然得到西安朋友一阵痛击。我乘机再飞，留一地彼此“恶心”的碎屑。12:10，降落呼和浩特。“可怜的呼和浩特，说好的蓝天白云牛羊珍珠撒呢。”同行的摄影大咖老赵不停地感慨。呼和浩特雾霾浓重。所谓期望越大，失望越大。

这次我们受托探访乌兰察布的一些乡村学校。我乐意奔赴那个在历史课本上隆重出现的阴山。

内蒙古没有想象中的冷。来之前，王飞告诫我注意保暖。中午的内蒙古，比同时的长沙气温要低一点。正在想着，风一扑脸，就打哆嗦。尤其是没戴帽、头发还短的人，风迎面劈来，头先冷后热，再疼。

老赵是光头，但他戴着一顶棉鸭舌帽，穿一袭棉纱厚长袍，暖和又俊俏。他也是初次到内蒙古。估计来之前满脑袋想的是天苍苍野茫茫，肥美的羊羔遍地走。

雾霾杀死了他的单相思。毕竟这里是中国沙尘暴的起源地之一。

二

2018年11月28日上午，从乌兰察布市集宁区沿着208国道一路向北，大约120公里，就走进了察右后旗土牧尔台镇。这是我们此行的第一站。

土牧尔台，与众多内蒙古的乡镇没有两样，房屋顽强地长在沙土上，三三两两，沉着稳重，不像内地的集镇，房屋挤挤挨挨，五颜六色，漂亮和丑陋界限分明。土牧尔台，读起来有点拗口，起初我以为是先前某个蒙古王爷的名字，讨教了土牧尔台小学邓智承校长后，方知它的蒙古语意思是“有铁的地方”。但是，现在“铁”在哪里？

明清时期，土牧尔台是一个内地通往蒙古的重要集镇。从张家口出发的商道可达蒙古的库伦（今天的乌兰巴托）。这条商道就是享有“草原丝绸之路”美誉的张库大道。张库大道，肇始于元代，时为驿路，明清被辟为官马大道。康熙年间北京至乌兰巴托的阿尔泰军台驿站的第九台站就设在土牧尔台。

土牧尔台于是成了旅蒙货物集散和中转之地，也成了理所当然的交易场所，曾经是乌兰察布北部最繁华的集镇。估计内地制作精良的铁器成了蒙古族消费者眼里的抢手货。散居各处的牧民，驰马擦肩而过，彼此询问对方的去处，恰如崔健的歌词，“你问我要去何方，我指着有铁的方向。”这里没有显著的地貌特征，一马平川，于是此地就被唤作“有铁的地方”。这是我的推测。

在乌兰察布，碰见许多蒙古语音译的地名，譬如西不浪村，问过几个当地人，也没人能说出门道。也许地名太小，地名的意义已然湮灭。失去历史的地名，就如同大地上的沙石，彼此没有差异，被厉风磨过，被牛羊踢过。地名一点点被讹传，即使有心人想打捞它的深意，也会被层层语音的迷雾阻拦。那些生于斯的人，无法因祖居之地荣耀，无法被地名照亮身世。暧昧不清的地名也许会拖住子孙扬名立万的后腿。

三

2018年11月30日8:00，准备从乌兰察布市去其辖下察右中旗。清晨，阳光清冽，喝碗热乎乎的奶茶上路，最是惬意。每个人都有自己的记忆之城，在那里，城市的知名度排序遵循另外的逻辑。来内蒙古之前，我心目中的内蒙古大城市座次如下——包头、呼伦贝尔、呼和浩特、鄂尔多斯、二连浩特。

了解二连浩特，是因为一位大学的朋友王飞。二连浩特时常被他提及。二连浩特，蒙古语意为“斑斓的城市”。看来此城也是蒙古人眼里的宜居美地。知晓鄂尔多斯，则是因为此地的羊绒衫。当年关于羊绒衫的央视广告地毯式轰炸，简直让人满耳生茧。呼和浩特，蒙古语意为“青色的城”。历史上，这里的城墙曾用青砖砌成，远望一片青色，“青色的城”之名由此而来。此城不只历史悠久，更因坐拥“伊利”“蒙牛”两大国内知名乳业品牌而闻名天下。熟悉呼伦贝尔，则因我喜欢蒙元史，知晓成吉思汗在呼伦贝尔进行了几次大的决定性战役，消灭了政敌，最后统一了蒙古诸部。自此，蒙古开始以独立民族身份跃上世界舞台，鞭打欧亚大陆。而之所以对包头印象深刻，原因简单，幼时看过一个关于包头的抗日连环画。包头，就这样没来由地成为我认定的内蒙古首席城市。后来知道包头是蒙古语“包克图”的谐音，意为“有鹿的地方”，所以包头又有“鹿城”之称。不知现在包头的鹿是溜达在动物园还是奔跑在野外。一般而言，以动物著称的地名，动物往往存活在我们想象中。

我们要去的察右中旗，全称“察哈尔右翼中旗”。察哈尔，在我不靠谱的印象中，又比乌兰察布更为知名。记得前者曾为一个省名。乌兰察布，是以上提及的地名中我最为陌生的地方。如果不因公事，此生对乌兰察布的理解恐怕不会高于一个县级市的概念。从广州到乌兰察布，只需要三个小时的航程，加两个小时的车程。人的无知或偏见，在现代交通的加持下，就这样轻易被粉碎了。

出乌兰察布市，上高速，车外是壮阔的塞外景色——裸露的沙石，寂寥的草木，彻骨的寒风。半小时车程，忽然窗外有几匹“马”跃入视界：距离大道几百米的山丘腰上，有人用石子勾勒出奔马的造型，惟妙惟肖，顿时单调的沙石原野生动起来。人的创想和动物的神采，就以这样和谐的方式奔腾于天地之间。如此创意，比那种做几只假羊立于草原的把戏不知高明多少段位。

如果不是赶路，我真想去“马”旁看看，也真想结识出此创意的人。如果这群“奔马”有一个响亮的名字，或许更容易被游客记住。转眼一想，也许，“奔马”的“涂鸦者”志在消除远行者的寂寞和无聊，并非有更多的奢望。那就让“马”自由自在撒欢吧。人世间，多的是有名的堂皇，稀罕的是无名的野趣，而后者往往比前者更能激动人心。

四

2018年12月1日上午，处理完公务，要离开乌兰察布市了。每天上午8:00出门，晚上9:00回宾馆，大白天

的许多时光，都耗费在路途与紧密的采访上，传说中的大草原还是只停留在传说中。当地人讲，察右中旗的辉腾锡勒草原值得一去，听说那里有窝阔台点将台和行宫，我有点雀跃。景点刚好在回呼和浩特的大路线上，我和老赵皆有探访的热情。

窝阔台是成吉思汗第三子，早年随父征服漠北诸部，参与西征、攻金、灭夏等战争。1229年9月13日，经忽里台选举，窝阔台即大汗位。据说，1231年窝阔台曾在辉腾锡勒草原召开官山会议，决定兵分三路进攻金国。还曾在辉腾锡勒黄花沟设有两处点将台，并避暑于此。窝阔台蒙元文化度假中心便坐落于当年避暑行宫的原址——内蒙古黄花沟草原景区。

当地朋友说，七八月才是草原的天堂。草木葳蕤，羊马欢腾。我们不是为休闲而去，只是顺路领略当年草原霸主的雄风遗韵。夏之花海，秋之落叶，冬之白雪，即使无缘相见，也不遗憾。所谓乘兴而去，草木萧然亦是盛景。

点将台应该是一处兀然隆起的石山。登临山顶，寒风陡增，老赵紧护着鸭舌帽。在这里，草原景致一览无余。一排排高大的风车森列于远方，如当年彪悍铁骑穿越时光，整装待发，只等大汗长鞭一挥，就全力奔往战场。一顶顶白色的蒙古包比邻而居，安静，美好。窝阔台蒙元文化度假中心空无一人，射箭、摔跤、马术表演，自然销声匿迹。

当年大汗的功绩，唯有巨石一一见证。草原如海，席卷了曾经的铁蹄和荣耀。这是铁血政权，尤其是帐篷文明的命数。如果在内地，早已有文治武功的颂词刻勒于山石。也好，没了谄媚与夸饰，给历史与后人留一个空白，也算清静。

五

2018年12月1日中午，我和老赵干完正事，饿坏了，饥饿地搜索着沿途的村落。14:34，终于看见一片像样的建筑——内蒙古乌兰察布市与呼和浩特市之间的某个小镇。拐下大路，进街。一片灰土色的房子不冷不热地挨在一起，街上难见一个闲人。偶尔看见一人，也是匆匆从这个门帘蹿进那个门帘，不带一点声息。小镇不见炊烟，不闻狗吠，恍惚间，你以为闯进美国西部片里的某处废墟，时间令人诧异地凝滞，似乎下一刻，就会有一彪人马从邋遢的建筑背后挥刀鸣枪地闯入。大漠，傍镇而过的柏油公路，与孤零零的广告牌，让这处稀薄的人烟显得特别珍贵。

在寂静的小镇上，小心翼翼地和老赵进入一家饭馆。老板是个中年男子，年长的阿姨也许是他的妈妈。这是我们在镇上最早见到的两个当地人。问他们现在能否就餐，中年男说可以，既不热情也不冰冷。饭馆内是不太脏的桌凳，三张。没有一个食客。老板也没问吃什么。我们不能挑拣，因为冰柜里和地面上没摆放什么食材。老赵很随和地给老板说："有啥就做啥。"听说有饺子，那就先来一斤。一盘炒鸡蛋，一盘煎豆腐。谁做这两道菜，味道都不会相差很远吧。老赵说："不够吃吧？"店家说："应该可以。"空气冰冷，我们俩人的吃饭声叮当作响。老板在一旁冷冷地看着。吃完，我走进内屋，老妇人坐在土炕上，我亲切地问老太太："孩子在外打工吧？"老太太鼻子里一声哼："在外面工作。"我知道自己错了，我一直把"打工"当中性词，等同于"工作"，不带任何歧视色彩，譬如我现在这份出门采访的工作，也是打工。交流的空气瞬间凝固，老妇人不作声地看着我，脸色带着店家主人的些微倨傲，我们是流落于此讨饭吃的过客。我忽然明白了彼此身份，知道再交流都是自讨无趣，赶紧撤出。

六

出了小镇，路过一个收费站，老赵问收费员："这里有什么景点？"对方指了下说："下面有个九龙湾。"多日的奔波，满眼都是起伏的小山，干涸的沟渠，偶尔碰见稀疏的树林也是惊喜。在冬日的内蒙古，我不太期望有什么风景可看。老赵是抽象派风景摄影大师。我们熟识的风景，他会拍得脱离风景的实相，譬如他拍大漠里的骆驼草，你第一眼不会认为那是草，简直是干涩的毛笔急速刷过宣纸。我觉得他对风景本身的好坏兴趣不大，他关注的应该是能对他胃口的风景。所以，他兴致勃勃地找风景，我也兴致勃勃地起哄。

七拐八拐，终于在19:14进入一道山沟。路上半干半湿的牛屎迤逦，放牛的人不见踪影。余晖一道，照在一旁的山岭上。山上的白桦树居然聚成一片，是难得的风景。老赵赞叹一番，又叹息光线不理想，不合适拍照。我们心存侥幸，说再走段山路，说不定会遇见更辉煌的夕阳，规模更壮观的白桦林。半小时过去了，只看见更阴沉的山岭，什么都拍不成了。赶紧折回第一次碰见白桦林的那段路，只见白桦林沉溺在暮光中，再也不见原来的光彩。我感慨是我们不够珍惜遇到的风景，所以被老天惩罚。老赵后悔当初赶路太急："拍几张走，总比没拍到强。"

既然来了，那就把这个山沟探索个清楚吧，说不定，山路尽头又是一道从未见过的风景。半途中，见一山石建筑的大门，"红召九龙湾"赫然出现。旅游淡季，不见人踪，我们开车长驱直入。看墙上的文字介绍，我们已来到乌兰察布卓资县，九龙湾在旗下营镇和红召乡境内，九龙湾蜿蜒曲折，因其自然形态宛如九条龙横卧在大青山间而得名。

旅游区内，沿山沟建有玻璃栈道，一条索道横跨山沟，一片小湖冰冻住几艘小船，似乎冻住了昔日山沟里的欢声笑语。

沟内碰见两处村庄，只见灯光，不见人影。一处平地，许多乌鸦栖落在田地，两头牛安静地吃着什么，与身旁的乌鸦相安无事。它们估计是老熟人，所以能和平地各干各的。一块石子扔去，乌鸦提前飞散，相继降落于更远的山腰，在空中划出一道道黑色弧线，更增添夜的寂寞。

更多的白桦林被我们发现。“明天我们得来早一些。”老赵不想空来一趟，非要带走想要的东西。显然，这里零散的山林和冰冻的溪水，已经抚慰了我看倦了荒山野石的双眼。我已经满足了，片片白桦林已经留在我的心里。但说不定明早过来，风景又是别样，谁又知道呢。

七

老赵和我惦记着红召九龙湾的白桦林，早晨8:00，我们兴冲冲地驱车前往。出发地是呼和浩特市区。灰霾不少，我有点担心目的地的空气质量。从导航上看，我们距离红召九龙湾不到30公里。老赵没我悲观：“说不定到了山沟，天朗气清。”处处都在修路，磕磕绊绊。终于被导航引上通往九龙湾的专线，我们松了口气，刚要加一脚油门，前面就有大车停下，交警走了过来——不会找我们吧？谁知交警真径直走向我们的车，要老赵将车开到路旁。我以为搞错了，像我等良民一不超速，二不酒驾，哪有交警能寻我们的麻烦？老赵不慌不忙地停车，交出行驶证和驾照。交警一挥手，交通恢复。老赵去交警亭交涉。十分钟过后，老赵回来了，说：“小事，一切都搞好了。”

老赵是老江湖，英语半调子，靠着手机软件，一人竟能横行欧洲，租车，坐火车，逛景点，问路搭讪，一路快乐赛神仙。

继续前往九龙湾。一个检查站横在眼前。乖乖交出打火机和香烟。昨天天晚，估计工作人员下班了吧，也没注意这里有个检查站。光线还是被灰尘污染了，没有想象中的清澈。老赵心凉了小半截：“能拍几张是几张吧。”

“劫后余生”，老赵心态好了许多。为什么车被交警拦住？老赵说我们租的车有违章记录。关于如何这么快被放行？老赵开心地说：“我给交警解释，说我们是从广州来采访内蒙古扶贫工作的，也根本不知道租的车辆有违章记录。”老赵有证件，有相机，所说的桩桩是事实，交警知道我们四小时后有返程航班，于是人性执法，放我们一马。

红召九龙湾，始终掩着面纱，不肯把最美的一面显给我们，且给我们带来意想不到的“麻烦”。我有点小郁闷，老赵还沉浸在小得意中。我揣摩老赵的心思：所谓人在旅程，有得有失，学着随遇而安，处处有风景；即使是拍不到的美景，美已在心里。

那些鲜衣怒马的青春

咀嚼青春，本来是发生于每年五月初的一项集体性反刍，但一桩突如其来的交通事故让怀念青春的我们惆怅于五月的尾巴。

2022年5月23日晚，20世纪90年代初校园民谣代表人物沈庆车祸去世，享年52岁。这是一个咏叹过青春的青春代言人。上过大学的“70后”，对他应该不会陌生。

从《青春》到后来风靡一时的《寂寞是因为思念谁》，沈庆和歌手老狼、叶蓓等人一样，是那个年代“校园民谣”的代表人物。

在那张收录了《青春》的专辑《校园民谣1》的封面上，写着这样一句文案：“每一首歌都来自一个动人的故事，每个故事都发生在你生活的四周。”

多么动人心弦的文字，它让多梦多情的少男少女相信前方有个花园，花园里阳光灿烂，草长莺飞。

一

没有人会否认青春，那是梦想和愿望最为炽热的时节。你的情愫总在荡漾，你的欲望生机勃勃，你的信心无来由地爆棚。

人生最美好的记忆，就是青春期的青涩和张扬。即使一个个长相普通的少男少女，也会轻易地在玫瑰色的想象中，把自己渲染成情场的公子或公主，时刻准备猎获意中人——必须漂亮，必须英俊。

那些遗留在校园草地上的甜蜜，那些图书馆自习室的心猿意马，那些球场上的助阵呐喊，注定是属于一小撮人的幸福。很多人的青春是悄无声息的。她是你无数深夜辗转反侧难以释怀的女神，你只能一个学期一个学期地观望她从你身边走过，束手无策；他是你睡梦里永远游不出的青蛙王子，是身边永不缺倾慕者的健美少年。

奋不顾身的追逐，永远注定属于少数。大部分人的青春并没有热烈的表象，而更多地呈现为波澜不惊，最多是奔腾在脑海里的苦恋，是喧嚣在笔下的哀愁。

美好的青春，往往以荷尔蒙的无处安放开始，结束于头破血流的现实捶打。那些爱而不得的对象，事实上也成了我们青春残酷的终结者之一。

生命就是一段一段的告别。别人风华正茂和热血沸腾的青春，都会被我们错会成自己宝贵记忆的一部分。

我们时常夸大地回忆往事，甚至把梦境也当成事实的一部分，一时间甄别不清哪些是真实的哪些是从未发生过的。但这已不重要。人人都是在虚拟青春中、在集体回忆中自我感动，完成人生的大修大补。

二

是的，青春的A面是活力，是桀骜不驯，是生生不息，不苟且不狼狈。

但就靠谱性与丰富度而言，青春无疑是幼稚的、高破坏性的。它迅猛燃烧，可以烧旺自己，更能毁灭他人；它是猛兽，易被暗黑诱引，继而成为暗黑。在这个意义上，必须警惕青春。只是，你需要审视，敢于扬弃。盲目地怀念、讴歌，就因为它是你的？那和护食、护地盘的某些动物，又有什么区别？

但即使成为炮灰的青春，也是你的，是你生命不曾分割的一部分，无法闭眼遗忘。你唯有尊重它的存在，而不是美化那些缺陷，甚至无视那些病症。

纵使如此，每个人的青春，都独一无二，无可替代。你知道自己经历过什么样的疯狂和不可思议。那一定是你生命中最放肆最愿回味的过往。是的，你愿意回味，意味着你到了放慢脚步、谨言慎行的年纪，你再也不能不管不顾地左突右冲了。你有点羡慕青春的自己。

基于眼前某种失望，我们习惯说青春已死。青春真的死了吗？死的是曾经奋不顾身的孤勇，死的是从前不计利害的友情，死的是鄙视软弱和自私的清高，死的是疾恶如仇的纯真。

当年被《青春》浇灌的青年，如今都是为生计奔波的狼狈中年。那些随心所欲的日子，早已在他们身后悄然地关上了大门。拧巴、纠结、内卷和油腻，收割了这些强颜装欢的中年男女。

2000年，互联网烧钱最厉害的时候，沈庆和朋友创办了“听听365”音乐网。那一年，“听听365”在北京的体育馆办了一场演唱会。在演唱会上，作为该网站CEO的沈庆信誓旦旦地对外界宣布，他会和他的员工们一起，把“听听365”做成最专业、最成功的音乐网站，要签人，要发唱片，要做网络音乐公司……

沈庆的意外早逝，激起中年们对青春的集体回忆。那个不负本心的青春代言人，听从内心的召唤，一直在做自己想做的事。这份心劲和傲气，才是青春最戳痛中年的地方。

锦衣不夜行的岁月

没想到自己也有见证历史的一刻。

自然，因与我切身相关，这一时刻才显得不同凡响，方能称其为历史。

曾经互联网论坛时代的明星——西祠胡同以底价一元挂牌转让。在朋友圈刷到这样的消息，一下愣了起来。几近20年前，那里可是自己日夜挥洒青春的沃土。

那时，叱咤风云的媒体悍将、刚毕业的媒体小白都喜欢在西祠胡同舞文弄墨、指点江山。如果谁的帖子有幸被版主置顶，那荣耀大过当月稿件被总编“御批”。

记得那时在西祠胡同我最常去的有四个板块——记者的家、编辑之家、新周刊、城市画报。

记者的家，是吵架最频繁的地方。20年前，正值市场报星火燎原，“记者的家”有的是各种爆料、各种招聘、各种闲人指路。一个帖子让我印象深刻——“如何采访七分钟，写出五千字的特稿”，大意如此。当时惊骇于帖主写作技巧的高深——举例各种穿插，起承转合，提醒作者要不时地在稿件的关键处体现自己在现场的语句，或者原创的观点。概而言之，要将自采的信息展示在“C位”；要将二手三手的信息嚼烂，转述得生动活泼。

那时是厚报时代，长稿、大稿供不应求，许多作者就用奇技淫巧来炮制所谓的独家报道。

现在看来，那真是锦衣不夜行、敢于展示满身华彩的年代啊。

编辑之家（不记得是不是叫“编辑的家”），是各地媒体、出版社征稿的高地。我的人生第一本书，就源于此。当时有出版社编辑发出征稿信息——出版一套中国古都的旅游丛书。应征者需要根据出版社的内容规划，写出自己的书稿框架以及序言、正文样篇。那时我正好在西安上夜班，白天有大把的时间。于是不知天高地厚应征，居然被选中。喜滋滋地白天到处踩点，自以为是地写一个古城陈土里开新花的事迹。在《带一本书去西安》这本书里，我用了《新周刊》专题报道的模式，写了一辑关于西安城墙的稿子。自我感觉这是该书与其他同类图书最大的不同之处。在序言中我写道：

这是一座什么样的城市？用“座”来做这个城市的量词，极为恰贴和传神：它有号称中国保存最完整的古城墙——方方正正的砖石合围成一个方方正正的城区，城市最具人气的繁华和最权威的声音都在那里生长和流传，仿佛一个能量巨大的辐射源，向周边散发着左右这个城市主流生活的讯息——关于外面世界的物质风尚，关于这个城市的脉搏跳动。

这种摆脱不了的没落贵族气让许多西安人在精神上高傲着，而那积淀千年的历史气息又让这种精神有了独特的文化风骨。西安的文化人在四方城内筚路蓝缕地劳作着，厚积薄发几乎是他们一鸣冲天、声震全国的不二法门。

那时这么写，是因为西安的摇滚三杰——郑钧、许巍和张楚正火遍全国，文坛有陈忠实、贾平凹、高建群领衔的东征陕军。那时认为，冲出潼关，攻占京城，是西安人想不想做的选择问题。

现在看来，自己真是年轻啊，眼光有限。

愉快地完成了人生第一部书稿，责编问我想不想合作第二部？于是又有了职场漫画图书——《零经验同盟》。那真是市场经济高歌猛进的年代，每个想改变人生的年轻人，都有使不尽的冲劲、不畏权威的勇气。

记得那时，我经常在一个板块和一个都市报的总编讨论业务——他讲述自己最近的一系列策划报道，而我则经常提意见。那个总编似乎没有被冒犯的怒火，从论坛到QQ，始终和风细雨地与我交流。

很可惜，这个给我写书机会的责编，至今没有线下见过面。责编当年也是刚毕业不久的新手，不知出版我的图书赚了没有？如果销量太惨，彼此也尴尬，所以我没好意思问她。

在新周刊论坛上，当时的《新周刊》杂志延揽的创意总监令狐磊少年得意，那些爱慕《新周刊》的年轻人，在他的经营下，热血澎湃又互不服气地在论坛上写着各类有关城市的话题。那时我左手《新周刊》，右手《城市画报》，每期定时买杂志，每天定时上两家杂志论坛。

1998年在家写程序的响马由于犯颈椎病，病中无聊写了个程序，随意取个“西祠胡同”的名字发布，此后一路发展火爆，竟然也在海外华人中颇有影响力，2000年初西祠胡同全球排名甚至达到100多名。

1998年7月，我大学毕业。2000年，我开始游逛西祠胡同。2022年3月，西祠胡同挂牌转让。此刻，我已从媒体行业撤离。听到西祠胡同插了草标“贱卖”，猛然想起，居然和它分别了许多年，居然很多年前和它还有过一段燃情岁月。

在时代大浪下，我们各自寻找自己的去处和归途，或落寞，或坦然。

气喘吁吁的家长，哪里会顾及孩子的感受

2020年长沙全面实施微机派位，听说很严。小学生在教育局指定的学校内（以公办学校为主）填报志愿，只能填一个，每个学校有招录指标。如果孩子填报的学校招录指标未满，那么孩子可以当场确定所上的初中；如果学校的填报人数超过招录指标，那就采用微机派位。过去与所谓优质生源没有缘分的学校很开心，“巧妇难为无米之炊”。微机派位之日，有公证，有家长代表见证。小升初，有了倾向公平的机制，每一个期待教育资源均衡发展的人，会看到这点进步。

那些孩子在小学成绩好的家长，非常焦虑。过去有所谓的名校通过提前考试选拔他们的孩子。现在孩子失去了主动选择名校的渠道。他们痛惜，在诅咒，在骂不公平。过去那些奥数培训班、课外班集训出的孩子，现在失去了优先去明星学校的机会，有的家长觉得投资失败了。

在我看来，家长该焦虑的是，小学时，如果孩子的学习兴趣没有被调动起来，他们也没有培养起良好的学习习惯，初中后，有没有机会让孩子成为一个对世界有兴趣有强烈好奇心的人。这才是真正值得关心的问题。

孩子的好奇心迟迟不得破土猛长，很大的原因在于小学教育的失败——学校教育的观念落后，家庭教育的手段近无。以成绩衡量孩子的成长，成为一个普遍现象。让孩子学着关爱大自然，关注孩子的内心声音，培养孩子的探索精神，这些方面没有被学校高度重视，或者根本没有被重视。

为什么会这样？因为很多老师，别说过去，就是现在，始终不会或不愿聆听自己的内心声音，对世界也没有多少好奇之心。我们的家长在疲惫的工作之余，喜欢的则是刷手机、打麻将，而不是陪伴和阅读。

教育孩子，其实就是教育家长。我的孩子也小升初。孩子的学习习惯不甚好，而探索精神，似乎更多局限在电子游戏上，我的陪伴，更多的是指令，而不是同他一道摸索和阅读。看到孩子屡教不改的坏习惯，念叨多了，批评多了。而教育的方法，即使学了，也很难坚持使用。“忍不住”，成了我粗暴地教育孩子的借口。

譬如，很多家长和老师，包括我自己，都说自己喜欢有“独立思考”精神的孩子，但根本没有做好应对这种“独立思考”冲击的准备。

孩子真的独立思考了，超越了大人期待的安全范围，我们会慌的，会用一万种“中国智慧”扑灭独立思考的火苗。譬如14岁的儿子一次和我争执一个问题，我信誓旦旦地说自己的意见没有问题，他反问：“凭什么你的意见就正确呢？”“凭我读过大学。”我对他的不服有点不满意。他继续不服：“读过大学就一定正确吗？”他继续反对。我差点被他这种眼中没有“权威”的态度激怒了。最后还是控制了情绪，毕竟我也想和他建立新型父子关系。

你看看，我们想要孩子有独立见解，其实要的是受控的、消过毒的思想。

大人这种叶公好龙，真是“独立思考”的最大敌人。当然，也有孩子能心领神会大人的期待，感受到了“独立思考”带来的价值与好处。想想看，有多少孩子，被我们大人逼着哄着诱导着，在校园，在一些公共场合，说着我们大人喜欢听的话，做着我们大人满意的事。

如果小学没有把孩子的学习兴趣培养起来，没有激发他们探索世界的兴趣和发展自我的意愿，那么初中教育，家长期待孩子会碰见一个能激活他们小宇宙的老师，这种心情可以理解。

什么是具有良好教育理念的学校？在我看来，就是不围绕成绩打转，不以分数论是非。孩子向真向善的天

性被充分激活，孩子积极探索的精神蓬勃喷发，这才是教育该走的方向。我一直给孩子灌输一种观念：学习是探索，学习是好奇心的训练。你不爱它，它就不爱你。

失败的是，他茫然地点头称是，却依然粗枝大叶。我自认是个熊爸爸，有理念而没实施的技巧和耐心。

期待孩子在长大的过程中，有一天能开窍，突然成为一个好奇心爆棚的孩子，能学会倾听自己和他人，这样我就开心了。这样一个孩子，我觉得他一定有好的未来。

如果中考成绩不好，孩子就上不了高中。这个事实，估计很多家长很难接受。高中不是义务教育，这是孩子面临人生分流的第一个关口。

高考，依然是社会阶层实现跨越的公平桥梁，截至目前，没有发现比它更公正直接的人才选拔制度。所以，它被国人倾注了那么多的热情。

分数，又在高考这里被狂热推崇。在这里素质教育论者和应试教育论者，难得地共坐一席，青梅煮酒。我们常常进入一个误区，以为有了分数，就赢得了一切。想想我们漫长的一生中，还有好多有可能毁掉我们一生的东西，譬如抑郁症、扭曲的人格、没有理顺的人生观和丑陋的价值观。然而学校和家长都在给孩子灌输一个观点：只要学习好，就能成功。

北大心理学教授魏坤琳曾经指出过这个问题：给大

学生上课的时候发现，太多孩子学习很优秀，但并不开心、不幸福、没有自我，因为从幼儿园、小学开始家长的教育方向就有问题。

我们很多家长习惯包办孩子的一切，强行告诉孩子们要尽早树立理想，至于什么理想，最好是将来要当医生、老师、工程师、科学家、律师等等。在我们家长眼里，这些职业是美好的，有“钱”途的，有价值的。以至于高考如何帮孩子填写志愿，都成了一门庞大的生意。

气喘吁吁的家长，哪里会顾及孩子的感受。在他们看来，一切都是为了孩子，现在不苦，未来才苦。至于孩子的兴趣、创造力，统统靠边站吧。

但此刻，唯分数论者享有绝大荣光。考上大学，一切错误都可以豁免似的。常言“十年寒窗”，我们一个“寒”字，就道尽了教育的问题——我们依然认为学习是苦的，是需要忍的。尽管，你可以说翻越山峰的过程中，罡风吹面，深渊难测，但心怀希望地奔波，和盲目赶路，是不一样的走法。

现在又有一种小趋势回潮，认为学习本来就是苦的，学生们不应回避苦的过程。你可以听出这些话的潜台词。但如此强调，本质来说，也是一种教育的惰性在作怪。从分数论成败，简单易学，而启发式和以学生为中心的教育，往往吃力不讨好，难以立竿见影。

执意强调学习苦的人，主观或客观地抵触着素质教育，好像素质教育就是要抛弃具体的学习。然而，在那些真心支持素质教育的老师看来，一个好奇心旺盛、追求精神丰盈的学生，取得一个好的学习成绩，是一个大概率事件，水到渠成。

我读高中那时，父亲已经从铁路退休回家。他忙着做农活，忙着盖房子，也没能力没精力关心我的学习。也许在父亲看来，儿子考不上大学，从此家里就能多一个劳动力，并不是一件坏事。而上了大学，则是多了一个花钱的去处。

那几年，多亏嫂子在督促着我，每到期末，她要翻看我的成绩单，总是鼓励我考上大学。父亲不知道怎么就一口咬定我考不上大学。记得我拿到录取通知书的那天，他罕见地亲热地拉着我的手，快步地躲着车流，跨过城市的马路。至今想起来，手都是温热的。

考上了大学，素质教育会逐渐显露出它的优势——有特长的学生，如鱼得水，这样的学生更善于驾驭空前的自由，让这种自由最大程度地为己所用，而不是一时欢喜，如从高原骤降平原，醉氧，无所适从，或者消极迷茫，丧失学习动力。

后记

如鱼隐入城市深处

夏天的湿热，冬天的阴冷，这是长沙的标配——一个向来被西北人视为畏途的地方。

我，一个陕西人，为什么会长居长沙？不少亲友都问过这个问题。

是的，即使贵为长沙王的刘发也要登高常思长安的母亲而留下定王台传说，即使身为长沙王太傅的贾谊也不恋鱼米之香执意北顾而写下《鵩鸟赋》抒发忧愤不平的情绪。长沙，是北方人眼里湿热和湿冷之地，不北不南，很难停留。

还记得初次来长沙，是1998年4月的一个阴雨天，因同班一个湖南籍同学的鼓动，加上被当时风景秀丽的张家界与如日中天的湖南电视吸引，我满怀憧憬地到了长沙寻找工作机会。这是人生第一次坐火车，第一次跨省远行。

白天面试、笔试，晚上吃槟榔和夜宵。灵活自由的考核机制，洒脱迷人的市民生活，这对于一个自小习惯刻板和严谨生活的人而言，具有莫大的诱惑力。

在长沙工作的两年时间，我已从电视台转入报社，有幸碰上报纸的黄金岁月。奔波在陌生的城市，我习惯这种充实的感觉。2001年7月因个人发展离开长沙返回西安时，居然带着一种莫名的预感——我还会回来。

2004年2月，预言变现，我真的回到长沙。人生有些经历不可琢磨，一经琢磨，似乎草蛇灰线，伏埋于日常的所思所想。

在一个正在加速发展的城市（爱它的人，愁它还不是直辖市；厌恶它的人，觉得它浮躁而土气），我觉得它正好适于自己的生存——城市不会大得冷酷，让人找不到生存的边际；也不会高傲得残忍，让人感受不到生活的舒适。

在这个城市里，我如鱼隐入生活的深水中。没有人知道我来自哪里，没有人关心我的底细。我的社会关系，只有那几根线，不需要花费多少时间去打理它们。

我自由地走动在这个城市，感受着和故乡不一样的风土人情。这种熟悉，需要经年累月的探索，没关系，没有人质疑我，没有人催促我。我享受这种突兀而来，悄然而去的自在感觉。

当然，我喜欢一个地方，从不是始于讴歌，如同对故乡一样。便宜的赞美，才是对关系的最大伤害。

我如愿结交了全新的朋友，他们和我没有任何过去的交集。他们好奇一个北方人的到来，我也喜欢他们鱼米之乡的成长背景。

我无数次想起多年前去常德采访的一幕：柏油公路在丘陵地带高低起伏，四周稻谷飘香，黄灿灿的夕阳，照耀黄亮亮的田地，大地顿时一片辉煌。我坐在一辆崭新的中巴车上，听着音乐，想起来余华的小说《十八岁出门远行》：

“柏油马路起伏不止，马路像是贴在海浪上。我走在这条山区公路上，我像一条船。这年我十八岁，我下巴上那几根黄色的胡须迎风飘飘，那是第一批来这里定居的胡须，所以我格外珍重它们，我在这条路上走了整整一天，已经看了很多山和很多云。”

18岁，我那时还在埋头读高三，常常担心高考失利会让我被迫回到黄土地，我忧愁自己当农民一无是处。23岁，我才有机会出门远行。

在三湘四水间奔走采访，它们的瑰丽、壮美、雄奇和神秘，他们的聪慧、热情、直率和生猛，都让我体会到出门远行的所有意义。

这本书是我在人进中年后对故乡的一次郑重回望，收集了我多年的零碎思考。从故乡走出的这段经历，让我有机会转身审视那个养育了我的故土。我不会热泪盈眶地讴歌故乡的一切，未经审视的故乡是可疑的，如同未经审视的人生是轻浮的一样。我学着理解它，驯服自己心中偏见的怪兽。我有些懂了它的过去和现在。不过，关于它的未来，我依然无知。

这本书是我站在长沙对秦岭故乡、对乡土中国的瞭望，充满着游移和不确定，也折射着热情与期待。

不要太对他人对故乡抱有完满的期望。自己是自己的版图，人的隔膜自生而来，至死依然。有的人左右为难动辄得咎，有的人左右逢源如鱼得水。敏感的人，视他人为路障；聪慧的人，以他人为桥梁。

奋力走出信息茧房吧，与外界进行尽可能多的对话。在我看来，这样的人生才能拥抱成长。爱是交流的基本媒介，譬如亲情、友爱、故乡之恋。尽管人对他人、人对万物的理解永远只能取得有限值，但我们不敢嘲笑爱本身，爱使我们向完美的方向热情迈进。每个个体，都应该在自主的行动中逐渐抛弃孤独和偏见，如此，不一样的生活就会一页一页地打开。

我愿意以鱼的姿势，继续潜入生活深处，学着爱。

祝福故乡，祝福那些懂得爱的人们。

李军奇

2024年11月